マジで恋する千年前
「は……、ん……っ」
請われるままに素直に舌を伸ばすと、佐久のそれが絡んできた。

マジで恋《こい》する千《せん》年《ねん》前《まえ》

松《まつ》雪《ゆき》奈《な》々《な》

ILLUSTRATION：サマミヤアカザ

マジで恋する千年前

LYNX ROMANCE

CONTENTS

マジで恋する
千年前

一

ばかのひとつ覚えとばかりに延々とまっすぐ続いている道の行き詰まりに、目的のビルがしなびたゴボウのように建っている。

蔦《つた》の這《は》う外壁は煉瓦《れんが》と大谷石《おおやいし》を組みあわせたもので、大正明治の建築物さながらの古さと建築美を備えており、ついでにそこを訪れる人の心に耐震性への不安を覚えさせる四階建ての物件である。

場所は小平《こだいら》市の閑静《かんせい》な住宅街の片隅。冬の到来で街路樹の葉は散り、街全体が憂鬱《ゆううつ》な鉛色《なまりいろ》にくすんで見える中、その建物だけがぽっかりと異質な空気をまとっていた。

「そこだ」

となりを歩く友人岸谷《きしたに》がその建物を顎先《あごさき》で示したとき、采振木《ざいふりぼく》の枯れ葉と冷気を乗せた木枯らしが真正面から顔面にあたり、立石真生《たていしまお》は盛大なくしゃみを立て続けに二回ほどした。

「うう、さむ」

コートの襟を立て、両腕で身体《からだ》を抱きしめてぶるりと震えると、まだ秋物のジャケットを羽織《はお》っている岸谷がすまなそうに顔をしかめた。

「悪いな。寒いの苦手なのに連れだして」

「いや、いいよ。アパートから近いし。俺もちょっと興味惹《ひ》かれたし。ええと、平安時代のなにかの模型だっけ」

「京の都とか、寝殿造《しんでんづく》りの模型な」

その展示会に誘われたのだった。

岸谷が鞄《かばん》の中からチラシをとりだし、真生に渡す。

いかにも金のかかっていそうにないそのチラシによると、主催は社会人の趣味のサークルのようだった。話に聞いてイメージしていたよりもずいぶん小規模でチープな雰囲気が伝わってくる。会場も大きな展示場ではなくしなびたゴボウで、たいした量は展示できないだろう。

平安時代にも建築物にも模型にもとくべつ関心があるわけでもない。元来のきまじめな性分《しょうぶん》から、なにかの役に立つかもしれないと知的欲求をくすぐられ、せっかくなので誘いに乗ってみたわけだが、これはあまり期待しないほうがいいかもしれない。

「岸谷はこういうのに興味があったんだな」

「んー、多少は。あるようなないような」

「なんだそれ」

その程度の関心度で、よくもこれほどマイナーな展示会情報を知り得たものだとまなざしに疑問を乗せて見あげると、岸谷が肩をすくめた。

「このビル、うちのなんだよ」

「ほえ」

「それで模型展をやるって知って、ちょっと気がむいたんだ」

真生と岸谷は大学の二回生で、大学に入ってからの友人だった。真生は地方出身でアパートにひとり暮らしだが、岸谷はここが地元なので実家暮らしだ。彼の父親は地元の名士なのである。幼い頃に両親を亡くし、奨学金とバイトでやりくりしている真生からしたら、岸谷はお坊ちゃまだ。

「ここ、テナント募集中なんだけど、古いから借り手がいなくてさ。いまのところ、こういう趣味の展示会なんかで使ってもらってるんだ。真生、知りあいで物件探している人はいないか」

「やー、どうかな……」

真生はふんわりした癖毛《くせげ》を揺らして首をかしげ、つぶらな瞳をしばたたかせた。そのとき風が吹いたわけでもないのだが、なぜか冷気を吸い込んだように鼻の奥がむずむずし、ふたたびくしゃみが誘発された。今度は連続四回。そうしたら通りすがりの外国人と目があい、笑顔でブレスユーと声をかけられたので、こちらも笑ってサンキューと返した。

「ん？　なんて言われたんだ、いま」

岸谷がきょとんとした目を真生にむける。

「神のご加護《かご》を、って。くしゃみをすると魂が肉体から抜けるって英語圏では言われてるんじゃなかったか、たしか」

「へえ。日本じゃ誰かが噂《うわさ》してるせいだって言うけどな」

話しているうちにビルの玄関へ到着し、中へ入った。

展示会場は一階と二階で、ちいさく精巧な模型が所狭しと並んでいた。建物だけでなく牛車《ぎっしゃ》や人形も展示されており、当時の衣装や文化、十二単衣《じゅうにひとえ》の色あわせ図解など、趣旨から少々逸脱《いつだつ》したものもある。期待して行ったらがっかりだが、期待していなかったのでほどほどに楽しめる内容だった。

しかし見学中もくしゃみがひっきりなしに出るのが困った。寒い外から暖かい室内に入ったせいだろうと初めは思ったが、いつまでたっても治まらない。

「だいじょうぶか。本当に魂が抜けそうないきおいだな」

「ストーカーばりに俺の噂をしているやつがいるのかも」

冗談はさておき、風邪を引いただろうか。熱や咳《せき》などはないのだが、妙な悪寒《おかん》がしなくもない。これはこれから熱が出る予兆《よちょう》なのかもしれない。

「んー。やばいのかな」

「風邪か？　帰るか？」

「でも来たばかりなのに、もう帰るのもな」

「そんなこと言って悪化したらどうする」

岸谷が心配そうに見つめてくる。

「ん……」

そうだな、と頷《うなず》きかけたとき。

――リン。

耳の奥でなにかの音が聞こえた気がした。

「ん？　なんだ……？」

真生は動きをとめて耳を澄ました。

「どうした」

「なんか、音が聞こえる。聞こえないか？」

「音って……そりゃ、まわりの音はするけど」

「そうじゃなくて。ほら、また――」

意識を集中すると、よりはっきりと聞こえた。

――リン。

鈴の音だ。それから誰かの声がする。なにを言っているのか判然としないが、念仏《ねんぶつ》を唱えるようなリズムで男の澄んだ声が響く。それは次第に大きく明瞭《めいりょう》になってきて、頭が割れるほどの音量となった。

「……っ」

真生はたまりかねて耳を塞いだ。しかし身の内から聞こえる音は、耳を塞いでもとまらない。ぐわんぐわんと響く声の意味は理解不能なのだが、真生を呼んでいる気がした。強く激しく、あらがえない威力で、呼ばれている。

——呼ばれてるって、なにに？　誰に？　どこから？

音量に耐えきれず、脳が悲鳴をあげる。めまいに襲われ、がくりと膝をつく。

「真生っ」

岸谷の叫び声は真生の耳には届いていなかった。視界が眩《くら》み、真生は唐突《とうとつ》に意識を手放した。


暗闇。

天も地もわからぬ空間に、リンと透明な音が鳴り響く。

海の底に沈んだような静謐《せいひつ》なる世界は万事に冷徹《れいてつ》で、不均等な不安感と安堵感《あんどかん》をもたらす。

そこに、烏帽子《えぼし》に狩衣《かりぎぬ》姿の男が立っていた。男は身から淡い光を放ちながらふわりと空へ浮かび、雲に乗る。

雲は竜へと形を変えて、うねうねと漆黒の宙を舞い、黄金の鱗片《りんぺん》をまき散らす。

ゆったりと周遊しているように見えたそれは、こちらの存在に気づくと一直線にむかってきた。竜の頭が近づいてくる。逃げようとしても身体がぴくりとも動かず、かなわない。目を閉じることもできない。冷や汗が背中を伝う。こぶしほどに見えていた竜の頭が人の頭ほどになり、またたくまに象の頭ほどの大きさになる。

木枯らしのようないきおいで、真正面から迫ってくる。

ぶつかる。

刹那《せつな》、身体の自由が利いた。

しかし逃げるひまもなく、かろうじて目をつむったとき、男の声が頭に直接響いた。念仏。鈴の音。衝撃。

真生が目を開けると、まず床が視界に映《うつ》った。肩や腰に感じる硬い感触から、板の間に横倒れになっているのだと気づき、いまの映像は夢か、と思い至るが、そこから先へ思考が進まない。

自分はいったいどうしたのだったか。

目の前には簡素な祭壇《さいだん》のようなものがあり、蠟燭《ろうそく》や榊《さかき》、独鈷《どっこ》や銅鏡《どうきょう》らしき祭具、なにやら書かれた和紙などが配置されている。

室内である。日本家屋であろうか、薄暗いが、陽の光が差し込んでいる。

ここは、どこだ。

見覚えのない場所だった。記憶の糸をたぐり寄せるが、先ほどの夢以前との繋《つな》がりがぷつりと寸断されている。そんなはずはないと手探りで記憶を引っかきまわし、難儀《なんぎ》して思いだす。たしか自分は展示会場で倒れたのだった。

記憶が繋がらない。

気を失っているあいだに運ばれたのだろうか。

岸谷はいるだろうか。彼ならわかるだろうかと思いながら起きあがろうとして身体に奇妙な違和感を覚え、同時に己の腕が視界に入って、息をとめた。

真生は着物を着ていた。模型展でも展示されていた、ゆったりとした白い狩衣である。そして着物の袖から伸びる手が、自分の手ではなかった。大きさはおなじようだが、指が長く、やや荒れている。

これは自分の手ではない。それなのに、意思に従って動いている。

「……え」

愕然《がくぜん》として漏らした呟《つぶや》きもまた自分の声ではなく、驚いて口を閉ざす。

聞き慣れない声だが、まったく聞き覚えのない声でもなかった。どこで聞いたかといえば、頭の中で響いた念仏だと思った。

なんだこれは。

目がおかしくなったのか。耳がおかしくなったのか。

「お気づきになられましたか」

そのとき、ふいに背後から呼びかける声があり、真生は反射的に身を起こしてふりむいた。

そこにはひとりの男が端座《たんざ》していた。

たぐいまれな美貌《びぼう》の男であった。

真生の着る狩衣とは微妙に異なる青い水干《すいかん》を着ている。髪は艶《つや》やかな漆黒で、腰まで長さのあるそれを緩《ゆる》く横で束ねている。透き通るように白い肌、切れ長の瞳、高い鼻梁《びりょう》。人形のように完璧な容姿は血の通った人間とは思えぬ美しさであった。

それでいて女性的な美しさとは一線を画《かく》しており、身体つきはたくましく、まっすぐな眉や引き締まった薄い唇、顎の骨格は雄々《おお》しく、辺りを払うような風格さえ感じられる。

――綺麗《きれい》だ。

真生は状況も忘れて目を奪われた。

こんな人に出会ったことはいまだかつてなかった。

年齢は二十代なかばのように見えるが、十代と言われても、あるいは壮年と言われても納得してしまえるような、つかみどころのない雰囲気を宿している。

――人、なのか……？

人ならざるものが人の姿をとっているとしか思えぬ、人間離れした佇《たたず》まい。その本性は、神か、悪魔か――。

「不具合はございませんか」

男が抑揚《よくよう》のない声で静かに尋ねる。

見惚《みと》れていた真生は、不具合と訊《き》かれて現状を思いだす。身体の異変も記憶の欠落も、不具合と言えば不具合だ。

「えっと……、あの、ここは……？」

言葉を発してみると、やはり自分の声ではなかった。違和感に眉をひそめる。

「我が主人、安倍晴明《あべのせいめい》の住まいです」

「……は？」

有名な名をだされて、ぽかんとした。

「……あべの……せいめい……？」

日本史がさほど得意でもない真生でもその名を知っている。完全なる架空の人物ではなく、実在した人物であることも。しかし彼は平安時代の人物であり、平成の人間ではない。

「陰陽師《おんみょうじ》の、ですか？」

「陰陽師ではありません。天文生《てんもんのしょう》です」

「……はあ」

天文生と言われても、よくわからなかった。

「しかしその辺の肩書きばかりの陰陽師よりも、まともな方術《ほうじゅつ》を使える方です」

男は口だけを動かして喋《しゃべ》る。

「その主人が未来を覗《のぞ》きに行きたいとおっしゃられて、方術を使ったのです」

「……は……」

「主人は私を召喚《しょうかん》できるほど方術に長《た》けた方です。とはいえ身体ごと未来へ転移するのは生身の人間では至難の業《わざ》。ですので主人の行きたい時代に生きる方の中で波長のあう者を見つけだし、魂魄《こんぱく》だけを交換させていただいたのです」

告げられていることが理解できず、真生はしげしげと男を見つめた。

男の背後には平安時代を舞台にしたドラマのセットでよく見かけるような几帳《きちょう》がある。陽の差し込むほうへ目をむけると、障子《しょうじ》はなく、格子《こうし》目《め》の扉がある。広い室内はすべてが板の間で、ここは一般民家ではなく、神社や寺の中だろうかと思いかけ、ふと、ほかの思いが脳裏《のうり》をよぎる。展示会場で見た寝殿造りの模型。あれがちょうどこんな感じではなかったか。

平安時代のような室内。服装。安倍晴明。

「あの……ここはいったい……住所といいますか……ええと、都内、ですよね？」

不安感からおどおどと尋ねると、男が感情のない顔で見つめ返してきた。そして黙って立ちあがり、音もなく几帳のむこうへ姿を消す。まもなく戻ってきた彼はお盆のようなものを携《たずさ》えて元いた場所にすわり、それを床に置いた。そしてツッと真生のほうへ押しやる。近くで見ると、それは銅鏡のようだとわかった。

「あの？」

「ご覧ください」

言われるままに、真生は鏡を手にとり、自分の顔へむけた。

「……。え？」

鏡には、映るはずの自分の顔が映しだされず、代わりに別人の顔が映っていた。

それは夢の中で竜に乗っていた、あの青年の顔だ。

黒髪を後ろで結《ゆ》いあげ、烏帽子をかぶっている。鼻も顎も神経質そうに細く、ちいさな口が愛らしい中性的な美貌をしている。年齢は自分とおなじくらいだろうか。目の前の男も美しいが、こちらは血の通った人間らしいなまめかしさがある。

「え……え？　……ええっ？」

自分の顔ではない。それなのに、真生が言葉を発すれば鏡の中の顔もそのように口を開き、自分の意図したとおりに表情が動く。

「それが我が主人、晴明様の姿です。その御身《おんみ》に、あなたの魂魄が入っている。代わりにあなたの身体の中に、主人の魂魄が入られた」

平成にいる真生の身体の中に晴明の魂が入り、晴明の身体の中に、真生の魂が入ったのだという。時空を超えて、心と身体の入れ替わりがおこなわれたのだと男が説明した。

「……。は？」

事態についていけず、頭が真っ白になり、しばし放心した。

説明されたからといって、すぐに理解できることではなかった。事実を提示されたからといって、納得できるものでもない。

頬をつねってみると痛かった。

自分がつねっているのに、鏡には、別人がつねっている姿が映しだされている。

やがてじわじわと男の説明が脳内に染み入り、大幅に遅れて衝撃に見舞われる。

――安倍晴明と、心と身体が入れ替わっただって？

この顔は安倍晴明で、いま自分は平安時代にいる……？

「……うそ。いや、でも、な、なんだこれ、なんでっ」

鏡を見ながら大声をだすと、男の眉がほんの一瞬、不快を表すようにかすかにひそめられた。人形のような男の顔に初めて感情らしきものが浮かんだ瞬間である。

「ご乱心なさるな。理由は先にご説明したとおりです」

「で、でも、ですけど、こんなこと、どうして……っ」

なんで、なんでと言いながら、真生は顔をさわり、手を握り、皮膚《ひふ》をつねる。自分の身体のように触覚があり、自由に動くが、力の加減や目測に微妙な齟齬《そご》を感じる。手の長さや指の長さ、筋力など、本来の自分の身体と違うせいだろう。

真生が取り乱しているさまを、男は黙って見ている。

そんなばかな話があるはずがない。これは夢に違いないと否定してみるが、これほどリアルな知覚を伴った夢を見たこともなく、不安と混乱で頭がおかしくなりそうだった。いや、すでにおかしくなっているのかもしれない。

真生は立ちあがり、陽射しのこぼれる格子のほうへ走り寄った。自分のイメージと歩幅が違い、目線の位置も違和感がある。本来の自分の身長は百七十センチだが、この身体はそれより数センチ低い気がする。

妻戸《つまど》から簀《す》の子《こ》（縁側）へ出ると、地味な庭があった。展示会で見た模型は大邸宅であり、庭も船遊びができるような大きな池があったが、ここはそこまで広い邸宅ではないようで、だいたい十メートルほど先に板塀《いたべい》がある。

板塀の上へ視線をあげると、突き抜けるように澄んだ空が広がっている。視線を遮《さえぎ》るものはない。電柱も電線もビルもない。車の音もなく、鳥のさえずる声がときおり聞こえる。

このような風景は都内にもあるだろう。けれど、ここが真生の知っている平成の場所ではないことは、なんとなくわかった。空気が違うという気がした。

ぼんやりしていると、男が音もなく近づき、半歩後ろに控えた。晴明よりも頭半分は長身ですらりとしている彼を、真生は信じられない思いで見あげた。

「安倍晴明って……本当に、あの安倍晴明なんですか。あの……？」

「なんども説明するのは、私は好みません」

男は素《そ》っ気《け》ない。表情がないせいで、ことさら造りものめいて見える。

「すみません……。でも、あの、つまり俺は、平安時代に来ちゃったってことなんですか……？」

ばかみたいなことを尋ねていると我ながら思った。

「平安？」

「違うんですか？　時代は、あ、そうか、平安時代じゃ通じないのか。ええと、年号、というか、いまは何年ですか」

「天慶《てんぎょう》二年です」

西暦《せいれき》を尋ねようとしたが、通じるはずがないと気づいて言い直したが、和暦《われき》では自分がわからなかった。比較的勉強はできるほうだが日本史は苦手で、知識レベルはせいぜい中学生並みだ。安倍晴明についても、悪霊《あくりょう》と戦う陰陽師という既存のイメージを漠然《ばくぜん》と持っているだけで、詳細は知らない。

「まさか、ずっとこのままってわけじゃないですよね」

「主人が戻るのは三月後とのことです」

「三ヶ月……。じゃあ、俺は元の時代の、元の身体に戻れるんですね」

「問題がなければ、そうなります」

「……よかった」

戻れるのだとわかり、大きく息をついた。そんな真生に男が淡々と言う。

「それまであなたには、主人のふりをして過ごしていただきます。中身が別人であると他人に気づかれぬように、くれぐれも用心をお願いいたします」

「ばれないようにって……言われても」

晴明がどんな人物か知らないのに、晴明のふりをしろというのは無茶な注文である。

「まさか……俺に怨霊《おんりょう》退治をしろとでも言うんですか」

「そこまでは申しません。疑われぬように振る舞っていただければけっこうです」

「いや……いやいやいやいや。無理ですよ。どう考えても無理でしょう」

喋り口調も、癖も、人間関係も、いっさい知らないのだ。すぐにばれるに決まっている。しかし男は人形のような冷たさで、ひと言、告げる。

「無理でもやっていただきます」

男の瞳はふつうよりもやや淡い色をしていて、硝子玉《ガラス》のように見えた。それが無機質めいた光を放つ。

「あなたの言動が主人と違い、中身が違うと知れますと、主人が怨霊に取り憑《つ》かれたのだという噂になりかねません。そうなるとやっかいです。政情不安の原因を押しつけられたり、悪霊調伏《ちょうぶく》だの言いだされかねません。万が一その身体に傷がついたら、主人もあなたも元に戻れなくなります」

「や、ですが、きちんと説明すれば……なにしろ安倍晴明だし、受け入れてもらえるのでは」

男が眉をひそめた。そして、察しの悪い……と呟いた。

「主人の方術は常人の理解を超えておりますので、事情を説明したところで理解されず、あらぬ誤解を受けるだけでしょう」

科学は未発達、最先端の学問は仏教、病気や不運の原因は怨霊のせいとしてしまう時代である。男の説明には一理あり、そうかもしれないと真生も思う。だからといって、わかりました晴明のふりをして過ごしますと承諾《しょうだく》することもできない。

「しかしですね――」

抗議を続けようと口を開いたとき、男がついと顔をあげ、廊下の先へ視線をむけた。そして静かにそちらへ足を運ぶ。どうしたのかとその背を目で追っていると、彼の行き先のほうから声がした。

「どなたかおりませぬか」

来客の気配を感じてむかったようだ。真生はまったく気づかなかった。

男はやがて戻ってくると、事務的に告げた。

「陰陽寮《おんようりょう》からの使いです。祈禱《きとう》をおこなうため、いますぐ神泉苑《しんせんえん》まで来るようにとのことです」

「……陰陽寮？　祈禱？」

「さようです」

「俺が行くんですか」

「あなた以外の誰が行くというのです」

「で、でも、祈禱ってなんですか。俺、なにもわからないですよ？　文言《もんごん》とか、作法とか、なにも、ひとつも知りません」

「切り抜けてください」

「そんな無茶な！」

普段はおとなしい真生も、さすがにたまりかねて叫んだ。それでも相手の顔はぴくりとも変化せず、冷淡に催促する。

「さ。御使者殿を待たせております。御支度はそのままでよろしいでしょう」

「だから、無理ですってば！　行き先もわからないのに。そもそも陰陽寮ってなんですか。陰陽師と関係があるんですか。でもあなた、晴明は陰陽師じゃないって言ってましたよね。たしか、天文なんとかって」

「天文生。陰陽寮に所属する学生《がくしょう》のことです。主人もいずれは天文得業生《とくごうしょう》となり、天文博士になるのでしょう」

そんなことも知らぬのか、とでも言いたげな、軽蔑しきった目つきをされた。

「所属している寮から出勤の命《めい》が出たのですから、行かぬわけにはまいりません」

「でも、ばれないようにしなきゃいけないいんですよね？　晴明についてもこの世界についても、俺はなにもわからないんです。事前準備もできていないのに——そうだ、病気を理由に休むとか」

「欠席したら、主人の御名に傷がつきます」

「このまま放りだされても、傷つけることになりますよ。事情がばれても問題なさそうな人や、協力者がいるならまだしも」

「誰にもばれてはいけません」

「じゃあ無理ですってば」

男が不機嫌そうに眉をひそめた。

「……なんと手間のかかる人だ」

呟いてチッと舌打ちすると、なにやら唱えはじめた。すると彼の姿が陽炎《かげろう》のように揺れ、床に沈んでいった。床材はなんの変哲《へんてつ》もない板である。それなのに湯に浸《つ》かるかのように彼の身体が足からするすると溶け、やがて頭まで沈み、見えなくなる。

「え？　ええっ？」

真生は目を見開き、ひたすら驚いた。

人間離れした容姿だと思っていたが、本当に人ではなかったらしい。

「あの、あのっ！」

呼びかけようとするが、名も教わっていなかった。使者が待っているということなのに、消えられては困る。晴明らしい振る舞いなどわからないのに、ひとりでどう対応しろというのか。焦《あせ》っていると、庭のほうから質素な身なりの青年がやってきた。

「晴明殿。お呼びでしょうか」

声を聞きつけて、自分が呼ばれていると思ったらしい。この青年が使者なのだろうか。黙っていると、相手が怪訝《けげん》そうな顔をした。

「どうなさったのですか。そろそろ急ぎませんと」

誰にも気づかれるなという言いつけが念頭に浮かび、真生は青ざめて対応を迷った。

顔見知りか、そうでないのかで対応が変わる。「わかった」と答えるべきか「わかりました」と答えるべきか、それすらもわからない。

「あ……その……」

腹痛で行けないとでも言ってしまおうかと思った。だが病も怨霊のしわざとされてしまう時代である。下手に病気を口にするのもまずい気がしてきた。

この身体に傷をつけたら元に戻れないと男は言っていた。怨霊憑きだと疑われたらなにをされるかわからない。

戻れなくなるのは困る。

彼の言うとおり、晴明のふりをして切り抜けるしか道はないのだろう。

「わかり、ました……」

腹は括《くく》れていないが黙っているわけにもいかず、震えそうなほど弱々しい声で言い、立ちあがった。

緊張で、心臓が激しく脈打つ。

しかし廊下を一歩進んだところで、玄関の場所も沓《くつ》のありかもわからないことに気づいて立ちどまる。

「晴明殿？」

「……いえ……その……」

自宅のことすらわからないとは、憑きもの憑きだと言っているようなものではないか。妙な態度はとれない。

あの男はどこへ消えたのだろう。せめてもうすこしオリエンテーションをしてほしかった。

青年の不審そうなまなざしが突き刺さる。不安と恐怖で息が詰まりそうだ。

「……誰か」

真生は助けを求めるように呟き、そしてそれでいいのだととっさに閃《ひらめ》いた。

「誰か。沓を持ってきてください」

誰もいない空間へむかって、声を張りあげる。

この家にほかに人がいるのか知らない。しかし先ほどの男は晴明を主人と呼んでいたのだ。自分がものを言いつけてもよい相手は、すくなくともひとりはいるわけである。おかしな態度ではない。

すると床に沈んだはずのあの男が、部屋の奥からひっそりと姿を現した。

「こちらへ」

男に促《うなが》されて廊下を進むと、玄関らしき場所にたどり着いた。草鞋《ぞうり》が準備されている。それを履《は》いて外へ出ると、使者が待っていた。

「よろしいですか」

「……はい」

ふり返ると、あの男が硝子玉のような瞳で見つめていた。

「あの……」

「お気をつけて」

真生の呼びかけは聞こえたはずなのに、静かにゆったりと頭をさげられる。

出かける前に説明を求めたかったが、男の態度がそれを拒絶していた。

身代わりゲームはスタートしている。説明タイムは当分訪れないと悟り、真生はなすすべなく首を戻し、歩きはじめた。

不安でたまらない。

使者のあとに続いて門を出ると、広くまっすぐな道が板塀に沿って東西に伸びていた。それを西へ進む。平安貴族の移動には牛車を使うものだと思っていたが、徒歩である。

――牛車を使えるほどの身分でもないのか……？

疑問に思っても、使者に尋ねるわけにもいかない。

しばらく進むと、さらに広い通りに出た。それを北上する。

道を行き交う人は大勢おり、服装も様々だった。真生のような狩衣姿の者もいれば、脛《すね》が出ているいかにも粗末な貫頭衣《かんとうい》の者もいる。

道に軒《のき》を連ねる建物は土塀と平屋ばかり。電柱も電線も車もない。

信じられないが、ここは本当に平安時代らしい。すくなくとも自分の知っている場所ではないと思い知る。

人々の様子に気をとられていると、凍《い》てつくような北風が吹きつけ、首元から熱を奪っていった。冬の京都《きょうと》である。北に連なる山から吹きおろされる木枯らしは都内のそれよりも厳しい。

寒さに身体を震わせ、首をすくめる。身体が震えるのは寒さのせいばかりではなく、不安のせいもあるだろう。

祈禱などできない。

これから行く場所には晴明の顔見知りが大勢いるのかもしれず、その人たちと話をしたらすぐに中身が別人だとばれるだろう。いま前を歩く使者も不審に思っているのではないのか。やはり仮病を使ったほうがよかったかもしれない。いまからでも遅くないから引き返そうか。

不安でしかたなく、思い悩みながら歩いていると、周囲の様子が変化していることに気づいた。人の往来が減り、道に沿う土塀がやたらと長く、また質のよいものになっている。御所《ごしょ》が近づくにつれ、貴族の住宅が多くなっているのだろう。この辺りは上流貴族の住む高級住宅地のようだと、展示会で見た都の模型を思いだしながら推測する。

「晴明殿？」

漫然と歩いていると、前を歩いていたはずの使者が角を曲がっていた。真生は慌《あわ》ててあとを追った。

やがてたどり着いたのは広大な庭園だった。進んでいくと広場のような場所があり、その中心にキャンプファイヤーのような焚《た》き火があり、大勢の男たちが忙しそうに立ち働いていた。使者の青年とはそこで別れた。

どんなふうに立ち振る舞えばいいだろうかと怖《お》じ気《け》づきながら様子を窺《うかが》っていると、またべつの青年が近づいてきた。

「晴明」

背が高く、体格のよい男だった。男っぽく、大きな目をしている。

「そんなところでなにをぼんやりしているんだ」

年齢は二十二、三ぐらいだろうか。晴明とおなじような白い狩衣を着、気さくに声をかけてくるところを見ると、おなじ学生か、友人なのだろうか。

「や……、寒くて」

親しげに振る舞ったほうがよさそうだと判断し、かすかに笑ってみせたら、相手はびっくりしたように目を見開いた。

その反応——なにが変だった？　失敗したか。

「な……なにか」

「いや。おまえがそんな笑い方をするなんて。具合が悪いのか」

背筋に冷や汗が流れる。

「……普段はどんな笑い方をしてるって言うんだ」

「高慢で高飛車《たかびしゃ》な含み笑いしかしないだろうが」

「そう見えなかったか」

真生は内心焦りながら視線を流した。男がしげしげと見つめてくる。ひたいに脂汗《あぶらあせ》がにじみそうだ。

「まあいい。ここにいたら邪魔だ。むこうへ行こう」

「あ、ああ」

ひと言発するたびにびくびくしてしまうが、言葉遣《づか》いに対する言及《げんきゅう》がないところをみると、こんな感じでいいらしい。

高慢で高飛車な含み笑いをする男。その情報だけでも、晴明という人物像がずいぶんとつかめた気がする。

「しかし晴明よ。今回のことについては、どう思う」

人々のあいだを縫うように歩きながら男が話しかけてくる。

「どう、とは？」

「例のふたりのことさ。おまえも共謀《きょうぼう》していると思うか」

なんの話をされているのかさっぱりわからない。

さあな、などと言って適当にはぐらかすのが無難だろうが、情報もほしかった。恐る恐る尋ねてみる。

「例のふたり、とは……この祈禱と関係あるのか」

するとと男がぎょっとしたように立ちどまった。

「おまえ、寝ぼけているのか？　からかっているのか？」

「急に呼びだされて、なにも説明されていないんだ」

「説明されてないといっても、察しはつくだろうが……」

男は不審そうな、とまどうような目つきをしながら言う。

「平将門《たいらのまさかど》と藤原純友《ふじわらのすみとも》、両者の反乱の件だ。諸社諸寺に調伏の祈禱が命じられているのは知っているだろう。我らにも命が出たんだ。いまの時期、禁苑《きんえん》での祈禱などそれしかないだろうが」

「……あ」

安倍晴明についての史実や詳細は知らないが、その両者のことはテストにも出たので覚えている。平将門と藤原純友の反乱といったら、承平天慶《じょうへいてんぎょう》の乱だ。

「そうか……」

時代背景がわかり、ひとりで頷いていると、焚き火のほうから太い声が届いた。

「この朝廷の危機、よろしくお頼みしますぞ、忠行《ただゆき》殿」

なにげなく見れば、直衣姿《のうし》の男がもう一方の狩衣の中年男性に話しかけている。直衣の男は豪奢《ごうしゃ》な衣装で、貴族かもしれない。頼まれている中年男のほうは白い狩衣で、状況的にも陰陽師関係者と見てとれた。真生の連れの青年が足をとめてそちらへ視線をむけたので、真生も立ちどまった。

「あのふたりが共謀するとは……東西から挟み撃ちされては、どのように戦い、主上《しゅじょう》をお守りすればよいか」

直衣の男が不安げに話すのを聞き、真生は首をかしげた。

「挟み撃ち……？」

思わず呟くと、中年男がそれを耳ざとく聞きつけ、真生を視線にとらえた。

「晴明。この危機に対する意見があるようだな。申してみよ」

「え、や……その」

急に話をふられて焦る。目立っている場合ではないのに。

「おお、そちが噂の晴明か」

直衣の男にまで関心を持たれてしまった。

「幼少のみぎりに百鬼夜行《ひゃっきやこう》を目にしても動じなかったとか。異才ぶりは忠行殿から聞いている。妙案があるならば、遠慮せず申せ」

雑然としていた辺りが動きをとめ、人々がこちらに注目しているのがわかり、意見を言わねばいけない雰囲気になってしまった。

まずい。

緊張し、固唾《かたず》を呑《の》み込んだ。

晴明は、こんなときはどんな態度をとるだろうか。

笑うときは高慢で高飛車な含み笑いをする男。ならばたぶん、堂々と明朗に喋りそうではないか。

普段の自分はのんびり屋で、比較的おっとり喋るほうだ。緊張するとぼそぼそと口ごもってしまったりもする。そんな自身の癖が出ないように注意し、腹に力を込めた。

「……いまは、平将門と藤原純友がそれぞれ、西と東で反乱を起こしているところ、なんですね？」

あの乱の詳細はどのようなものだったか。たしか偶然同時期に起きた反乱で、それぞれ、朝廷が鎮《しず》めたはず。喋りながら必死に記憶を確認する。

晴明のふりをすること、会話内容のこと。同時進行で考えなければいけないことが複数あり、脳をフル回転させる。

直衣の男が「そうだ」と答えた。

「両者が共謀したとおっしゃいましたが、それはどちらの情報なのでしょうか」

「朝廷の見解だ。声明がだされたわけではないが、こうもうまい具合に同時期に乱を起こすなど、連携しているとしか思えぬであろうが」

「いいえ。偶然です」

となりにいる男の名さえわからないが、大きな事件ならわかる。未来を知る真生は自信を持って断言した。

「なぜわかる」

しかし知っている理由を訊かれると困る。

脇がじっとりと汗ばんだ。

「その……夢で、お告げがありました」

「お告げとな」

「はい。ええと……しかるべき人物を征夷大将軍《せいいたいしょうぐん》に任命し、東へむかわせよと」

たしか朝廷は誰かを派遣したはずだった。残念ながら任命された人物の名までは記憶にない。

「共謀ではありません。ですから、東西で挟み撃ちされる心配をする必要もありません。もちろん都の守りは必要でしょうが」

直衣の男が胡乱《うろん》げな目で真生を見た。

「まことにお告げなのであろうな……？　もしやなにか知っておるのではあるまいな。もし間者《かんじゃ》と通じておるなら――」

「その心配はございません。これは私の弟子ですぞ」

助け船をだしてくれたのは、忠行と呼ばれた中年男だった。

その発言からすると、つまりこの人は晴明の師匠《ししょう》ということになる。

「忠行殿。この者の言葉を信じてよいのか」

「これを疑うことは私をも疑うこと」

「ふうむ」

直衣の男が思案するように顎を撫でる。

「賀茂《かもの》忠行の弟子の夢告げとなると、軽んじることもできぬか。よくよく吟味《ぎんみ》することにいたそう」

「晴明、保憲《やすのり》。持ち場に着きなさい」

「はい」

忠行に言われ、真生は一礼した。となりにいる青年も姿勢よく頭をさげる。

賀茂忠行という中年男が晴明の師匠。そしてとなりにいる青年は保憲、とその顔と名を頭に入れる。

そこに祈禱の準備が整ったとの知らせがあり、周囲の者たちも動きはじめる。

「晴明、いまの話はまことか」

歩きだしてから、保憲が真顔で尋ねてきた。

「ああ」

「父上はおまえをかばった。もしまことでないのならば、父や俺にも影響が及ぶ」

「父上……」

「いま、おまえをかばっただろう」

保憲は忠行の息子らしい。

「ああ、本当だ」

「信じてよいのだな」

「信じろ」

自信を持って断言してやると、保憲が無言で見おろしてきた。目力《めぢから》の強い男だ。圧力に負けじとこちらも見返す。

数秒の見つめあいののち、保憲が頭に手をやり、ばつの悪そうな顔をした。

「そうだな。おまえがこういうことでうそをつくことはない。いや、すまない。つい心配になって、念を押したくなった」

「そうか」

「そんな夢告げがあったから、今日のおまえはどこかおかしいのだな」

そういうことにしてもらえると助かる。

祈禱がはじまるとのことで、男たちが焚き火と祭壇にむかって並んですわる。その末席に真生たちもすわった。最前列の中央に忠行がすわり、なにやら唱えはじめる。それにあわせて男たちも唱えていて、真生も唱えなければいけないのだろうが、わからない。目立たぬようにうつむき、どうかばれませんようにと祈っているうちに、リズムを覚えた。

調子をあわせて適当に口の中でもごもごと唱え、それが何時間も続いた。前列にいる者たちは鈴を鳴らしたり榊をふったりと役割があるようだが、晴明である真生には役はない。まだ学生だからだろうか、助かったと思う。

男たちは延々と詠唱《えいしょう》しており、その精神力に感嘆《かんたん》する。北風の吹きすさぶ中、おなじ姿勢で地べたに座し、水も食事もとらずに声を張りあげるのである。なかなかの苦行である。

陽が沈むまでおこなわれ、辺りが薄紫に染まる頃、ようやく解散となった。

どうにかばれずにすんだらしい。ほっとして肩から力を抜き、広場の出口へむかって歩きだしたとき、となりにいた保憲がぼそりと言った。

「おまえ、どうしてまともに唱えなかった」

その声には不審な気持ちがありありと表れている。

「聞きとれなかったが、なにか、違うことを唱えていたよな？」

緊張を緩めた真生の肩が、ふたたびこわばる。

「そ……れは、お告げがあったからな。こんなことをせずとも、反乱は鎮圧されるとわかっているから」

「そういえば、お告げというのはどなたのお告げだったのだ」

「どなたのって、お告げはお告げだ」

「しかし、告げてくれた相手が誰かによって事情は変わるではないか。神仏のふりをした悪霊ということもあろう」

「……もういいだろう。寒くて具合を悪くしそうだから、俺は屋敷へ帰る」

ごまかしきれるか。逃げ切れるか。内心冷や冷やしながら澄ました顔を取り繕《つくろ》い、逃れるように横をむいたとき、彼の大きな目が眇《すが》められた。

「……『俺』？」

失敗を悟り、ぎくりとした。

「いまおまえ、俺って言ったか？」

真生は自分を『俺』という。

『私』か『ぼく』か『俺』か。晴明が自分のことをなんと呼ぶか知らないため、これまで気をつけて言わないようにしていたのに、焦ってぼろをだしてしまった。

「……っ」

真生は聞こえなかったふりをして足を速めた。

「あ、おい」

呼びかける声が背後に届いたが、逃げるように走りだす。

保憲は追いかけてこなかった。しかし絶対に疑われたはずだ。

――失敗した。

晴明のこともこの時代のこともわからないのに、失敗しないわけがないのだ。

これから自分はどうなるのだろう。恐怖と不安に見舞われ、泣きたい気分で神泉苑を出、来たときとおなじ道を戻っていく。

陽は沈み、夕闇が万象《ばんしょう》の上に立ちこめている。

都の街並みは碁盤《ごばん》の目。来たときに曲がったのは二回のみ。だから戻るのは簡単だと思ったのだが、甘かった。

曲がり角がどこだかわからない。

「あ……れ」

どこもおなじような壁と建物で、目印になるようなものがすくないうえに、陽が暮れた街は人通りもなく、様相も変わっている。

この辺だっただろうかと試しに曲がってみたが、違う気がする。でもあっているような気もする。

気づいたときには、完全に迷子になっていた。

「やばいな……こんな寺っぽいの、来るときにあったかな……いや、見てないよな……」

辺りは刻一刻と暗くなっていき、漆黒の闇に呑まれていく。

これでは万が一晴明の屋敷までたどり着いたとしても、気づかずに通り過ぎてしまうだろう。

暗闇で街灯もないのだ。

そもそも出発したとき、曲がり角は意識していたが、肝心の晴明の家の特徴を覚えていなかった。

「ばかだ……」

闇夜には魑魅魍魎《ちみもうりょう》が跋扈《ばっこ》するとこの時代の人々が想像するのも無理はないと思えるほどの視界の悪さに心細さがいや増す。

どうしよう、と立ちつくしたとき、左横の辺りにふんわりと明かりが灯《とも》った。

辺りには誰もおらず、人の気配などなかったはずなのに、気づくとそこに松明《たいまつ》を掲げた男が立っていた。

晴明を主人と呼ぶ、あの綺麗な男だ。

「こんなところでなにをしているのです」

「家に、帰ろうと……」

「ご自身の家に？　ここはあなたの暮らしていた世界ではありません」

「……それは、わかりました。そうじゃなくて、晴明の家に戻るつもりだったんですが……」

「こちらです」

男が踵《きびす》を返して歩いていく。青い水干が闇に浮かぶ。

真生はとぼとぼと彼の後ろを歩いた。

「……あなたは、何者なんですか」

出かける前、男が床に沈んでいった光景が脳裏に浮かぶ。

人ではない存在と思うと恐ろしく、本来ならば近寄りたくもないし話しかけたいとも思わないだろう。けれどこの世界において、真生の正体を知っている唯一の存在でもある。真生が真生として名を訊いても問題のない相手は、この男しかいない。

「晴明様は式神《しきがみ》と呼びます。十二神将《じゅうにしんしょう》の戌神《いぬがみ》とも言われます」

「式神……」

式神というのは使い魔みたいなものだろうかとぼんやり考えた。それ以上の想像力は働かない。『神』と名についても、悪魔や怨霊とどう違うのか、真生にはよくわからない。ただ自分に悪さをすることはなさそうだとは思う。

「あの、名前は……なんと呼べばいいですか」

「私のことは佐久《さく》とお呼びください」

そこからさほど歩くこともなく、晴明の屋敷に着いた。

一日中外にいて身体が凍《こご》えそうだったので、家に着いてほっとしたのだが、室内も外と変わらぬほどに冷え切っていた。

佐久のあとについて家の奥へ進む。

「ここには、ほかに人はいないんですか」

「私が召喚された三年前より、主人以外の人間はおりません」

「晴明の家族は」

「さあ。主人が語ったことはないので存じません」

几帳のある広い部屋へ入ると、佐久が部屋の片隅にある燭台《しょくだい》へ手をかざした。火をおこした様子はないのに、室内にぽうっと明かりが灯った。

「あなたが道に迷っているあいだに、内裏《だいり》から言伝《ことづて》が届きました。梨壺《なしつぼ》の皇子《みこ》より、日々の占いの依頼です」

「誰、ですって」

「帝《みかど》の息子からです」

「は」

そんな方へ占いをしろというのか。

うそだろう、と呆然《ぼうぜん》とする。

佐久は表情なく報告しながら火鉢にも手をかざす。かざすだけで着火する。

「昼間、夢告げがあったと話したでしょう。その噂を聞きつけたようです」

「どうしてそれを、あなたが知っているんです」

「その場にいましたから」

「え」

真生は立ったまま、彼の生気のない横顔を驚いて見つめた。

「いた……んですか」

「有事に備えて、潜《ひそ》んでおりました」

「どこに」

「あなたには見えない場所に」

火鉢の炭が赤くなると、佐久はそこからすこし離れて端座した。

「晴明様は、ご自分のことを私とおっしゃいます」

真生が『俺』と言ってしまったことも、佐久は知っていた。

「なんで」

じわりと怒りが込みあげてくる。

「佐久さん……いたなら、どうして助けてくれなかったんです」

「さんはいりません。佐久、と。それからもうすこし、自信ある態度のほうが主人らしいかと」

「だから、そういう説明は先にしてくれないと……っ」

澄ました態度が腹立たしく、憤《いきどお》りを覚える。怒りが強すぎるあまり、言葉が出てこなかった。こぶしが震える。

なんて冷血漢だろう。初めて会ったとき、綺麗な人だとその外見に見惚れてしまった自分が悔しい。ひとりにされていたときの心細さと不安が怒りに変容し、まなじりに涙がにじんだ。

「そばにいると、どうして教えてくれなかったんです」

「私がいるからあなたは甘えているのかと。本当になにもわからぬとは思わなかったものですから」

「急に連れてこられて、わかるはずがないじゃないですか」

「未来から来たならなんでも知っているというものでもないのですね」

見あげてくる淡い色の瞳に、残念そうな色がにじんだ。

「晴明様が選んだお方ですから、晴明様と同等に優れた方がいらっしゃるのだろうと予想しておりましたが、どうやら違うらしい」

なんだそれはと思った。

理不尽《りふじん》な期待と失望にさらされて、胸に激しい感情が渦《うず》を巻く。

「……そうです。俺は、ふつうの学生《がくせい》なんです。安倍晴明なんて超人じゃないんです」

悔しさで目に涙をにじませながら睨《にら》みつけた。これほど明確な怒りを他人にぶつけたのは、人生で初めてのことかもしれない。

「こんなの、続くわけがないです」

「今日は乗り切りました」

「でも、最後に逃げだした。疑われたはずです」

「では明日、挽回《ばんかい》してください」

「無理です。俺がなにもわからないの、あなたもわかったでしょう？　右も左も、一歩先だってわからないんです」

「私に訴えても、嘆《なげ》いても、どうにもなりません。努力してください。わからないのならば早急に学んでください」

互いの視線がぶつかり、火花が散る。

「病気で家にこもります」

「許しません。皇子の依頼があるのです。主人の出世がかかっておりますのに、仮病などもってのほか」

「占いどころか、礼儀作法もわからないんです。無礼なまねをして投獄されるのがオチです」

「主人の評判をさげられては困ります」

「そう言われても、無理です」

佐久の態度は外気よりも冷ややかで、のれんに腕押しである。頑《がん》として妥協を許さない。

「まことに、わからぬお方だ」

眉をひそめ、綺麗な顔をゆがめて忌々《いまいま》しそうに呟かれる。その言葉に傷つく。

「あなたこそ……っ、わからず屋はあなたのほうだ」

憎まれ口を返しながら心に思うのは、両親を交通事故で亡くしたときのこと。あのときも突然のできごとで、孤独に押し潰《つぶ》されそうだった。不意打ちで身ぐるみを剝《は》がされて、放りだされた気分だった。だが多くの大人たちが優しく手を差しのべてくれて、助けられた。

いまはあのときよりも強く孤独を感じた。ここでは誰にも助けを求められない。唯一事情を知っている男も人間ではなく、助けてくれそうもない。

この男はどうしてこれほど冷たいのか。

人ではない者に、人の事情を斟酌《しんしゃく》しろというほうが無理なのだろうか。

悔しいやら悲しいやら、無力感やら孤独感やら。様々な感情を抑《おさ》えきれず、涙がこぼれた。

「……っ」

うつむいて手の甲で涙を拭《ぬぐ》っていると、佐久が立ちあがり、そばへ来た。

「なぜ、泣くのです」

無視して涙を拭う。その姿を見おろされる。

視界に、彼の手がすっとあがるのが映った。つかまれるかぶたれるかと反射的にびくりと肩を震わせたら、彼の手の動きがとまった。

甘ったれるなと叱責《しっせき》されるかと思った。だが、落ちてきた言葉は予想と違った。

「……私の助けを、求めていたのですか」

いま初めて気づいたという様子だった。

真生はちいさく頷いた。すると彼のひそやかな吐息《といき》が耳に届いた。

「無理だとはねつけるばかりで、助けてほしいと言われなかったので……、助けが必要だったのだと気づきませんでした」

いかにも人外《にんがい》らしい物言いだった。

「は……？　気づかな……？」

「はい」

「……いままで？」

唖然《あぜん》として見あげると、男のまじめなまなざしとぶつかった。

皮肉でも冗談でもなさそうな雰囲気である。本気で、たったいままで助力が必要だと思い至らなかったらしい。

——まじかよ……。

真生は放心して綺麗な顔をしげしげと見つめた。表情が乏しくてわかりにくいが、どことなく、真生の涙に動揺しているような、困っているような様子である。その証拠に彼の手が、真生にふれようかどうしようかと迷うようにもじもじと動いていて、それを見たら毒気が抜かれた。

無理難題ばかり押しつけてくる冷酷な男だと思っていた。だが佐久は人の心に恐ろしく疎《うと》いだけで、悪気はなかったのだろうか。もしかしたら、主人の命に忠実に従っていただけで、言いたくて言っていたわけではなかったのだろうか。どんな人間が主人の代わりになったのかわからず、彼のほうも勝手がわからなかったのか。

「……俺ひとりでは、無理です。助けてください」

むかつく男だと思い、先ほどまで怒りをむけていた相手に助力を求めるのはためらいがあった。しかしくだらないことにこだわっている場合ではない。興奮しすぎたせいで喉《のど》を震わせながら、かすれた声で頼んだ。するとすぐに響くような返事があった。

「微力ながら、助力いたします。明日参内《さんだい》するときも、お供します。必要なときはお呼びくだされば、力になります」

真生は無言で頷いた。

よかったと心から思った。その言葉がほしかったのだと気がついた。頼めばよかったのだ。そんな簡単なことすら、パニックのあまりできていなかった。

助けが必要なことぐらい当然佐久もわかっているだろうと思い込んで、勝手に怒って責めていた。だが口にしないと伝わらない相手なのだ。

「遅くなりましたが、食事をお持ちいたします」

佐久が退室し、真生は火鉢のそばにすわった。

やがて食膳《しょくぜん》が運ばれてきた。塩漬けの大根と雑穀《ざっこく》だけのそれを食べ終えると、姿勢を正して佐久に尋ねた。

「あの、晴明のことを教えていただけますか」

「なにが知りたいのですか」

「彼のふりをするために知っていなければいけないことです」

晴明の身代わりとして過ごすことを受け入れたわけではないが、今日のような不安な思いをするのはたくさんだった。今日、なにもわからないまっさらな状態で放りだされて本当に怖かったのだ。

すこしでも予備知識があったほうが安心に繋がるし、事態の悪化を防げるだろう。

「私も主人のすべてを知っているわけではございません」

「では知っていることだけでいいので。たとえば、歩き方とか、癖とか。人間関係とか」

「歩き方は、あなたのように肩を揺らしません」

「え。じゃあ、ちょっと見ていてください。歩いてみます」

立ちあがり、歩いてみせ、晴明らしい歩き方を指導してもらう。それから彼らしい仕草、言葉遣い、友人の名前と関連情報、ここでの生活習慣などなど、質問を浴びせ、それに答えてもらううちに夜も更《ふ》けていく。

「……すみませんが、書くものを貸してもらえますか」

他人になりすますためには、覚えなければならない情報が多すぎた。テスト勉強の一夜漬けの比ではなく、耳にしただけでは明日には忘れてしまいそうだった。筆と紙と墨を渡されてメモをとったが、書き慣れない筆での筆記は恐ろしく時間がかかった。

今日の緊張と疲れから頭の回転も鈍い。佐久のさびのある低い声が心地よくて、うっかりすると睡魔に襲われそうになる。

すっと意識が遠のき、かくりと頭が落ちた。慌てて顔をあげると、それまで喋っていた彼がいったん口を閉じた。

「す、すみません」

「そろそろ、横になられますか」

「いえ。もうすこし、聞かせてください」

多くの情報を得たがじゅうぶんではない。これで明日から晴明として動けるかと問われたら、答えは否《いな》だ。

きまじめだとか勤勉と言われるが、臆病《おくびょう》で小心者なのだ。危ない橋は基本的に渡らない主義であり、どうしても渡らなければならないときは徹底的に防衛策をとる。なんとかなるさ、などと楽観的に考えられるたちではない。

だから極限までがんばりたかったのだが、極度の緊張を強《し》いられたあとで精神は疲労し、極限はとうに超えていたらしい。

佐久がふたたび語りはじめたが、頭に入ってこない。

「やはり、今夜は終わりにしましょう」

真生の目がしょぼついているのを見て、彼が立ちあがる。

「いえ、まだ」

「続きは明日、お勤め前にいたしましょう。主人の御身を休ませてください。あなたはよくても、身体はいたわっていただきたい」

ぴしゃりと言われ、真生は言い募《つの》るのを断念した。自分でもこれ以上は無理だとわかっていた。

「寝所《しんじょ》はこちらです」

促されて几帳のむこう側へ行くと、畳《たたみ》があり、寝具が敷かれていた。寝具といっても、薄っぺらい布があるだけである。

「布団は、これ、ですか」

「衾《ふすま》です。そちらをかけておやすみください」

佐久に狩衣を脱ぐのを手伝ってもらい、単衣になった。

平安貴族は寝るときでも烏帽子をつけたままだという話をどこかで聞いた覚えがあるが、邪魔なのではずした。ついでに髪もほどき、横たわる。

「お休みなさいませ」

「お休みなさい」

燭台の明かりが消え、佐久が退室する。

「……寒い」

佐久の話を聞いていたときにはいまにも眠れそうだったのに、いざ眠ろうとしたら尋常《じんじょう》でなく寒くて眠れそうになかった。寝具が冷え切っていて、身体ががたがたと震える。広い室内は、ちいさな火鉢がひとつある程度ではいっこうに暖まらない。現代の家のように断熱材が使われているわけもなく、床からは板の隙間から冷気が這いあがり、壁からはすきま風が入ってくる。

脱いだ服も掛布《かけふ》に重ねてみたが、あまり意味はなかった。

自分は極度の寒がりだが、そうでない人でもこれは耐えられない寒さではなかろうかと思う。

両親が他界してから大学進学までは親戚《しんせき》の家に身を寄せていたのだが、肩身が狭く、遠慮しながら暮らしていた。その生《お》い立ちから多少の不自由があっても呑み込んで、胸にしまっておくことが常であり、衣食住に関して真生がわがままを言うことはない。雨風がしのげればありがたいことだと思う。けれど、これは寒すぎる。寝たら凍死しそうな予感を覚える。すくなくとも明日は絶対風邪を引く。

「寒いよー……」

耐えきれず、ひとり言のつもりで漏らしたら、几帳のむこうからかすかな音がし、佐久が顔を覗かせた。

「やはり手間のかかる御仁《ごじん》だ……」

彼はしかめ面《つら》をして静かにそばに来ると、膝をついた。

佐久を呼びつけるために声をだしたつもりではなかったので、これには真生も恐縮した。

「その、すみません。掛布をもう一枚貸していただければ——ひえっ?」

言葉の途中で声が裏返ってしまったのは、佐久が寝床にするりと入ってきたからだ。そのうえ、抱き寄せられてしまった。

「失礼いたします」

「あ、あ……の」

ゆったりした服装で見た目からはわからなかったが、男の身体は大きく、たくましかった。そして掛布よりも数倍暖かい。

「この家には余分な掛布はございません」

「いや、でも、これ……」

「明日もお勤めがございますので、早くお休みください。まだ寒いですか？」

「いえ……」

男の大きな身体に包まれて暖かくなった。なったが、しかし。

なぜこんなことに……？

「あの、手をかざして火をつけたときのように、部屋を暖めることはできませんか」

「できないことはございませんが、無駄な力を使いたくありません。このほうが楽です」

「……そうですか……。でも、なにも添い寝していただかなくとも」

「寒いのでしょう？」

佐久は、昼間は意地悪く感じるほど真生を突き放していたのに、助力が必要と知るや、こちらが面食らうほどかいがいしくなった。この式神は人との距離の測り方が極端すぎる。

「……だいじょうぶ、です」

本当はまったくだいじょうぶではないが、初対面の男と抱きあって眠る度胸も持ちあわせていない。

妙な汗が出そうだ。

佐久の視線をひたいに感じる。様子を窺われたのち、おもむろに告げられる。

「その御身は主人の大事な身体なのです。風邪を召されては困ります」

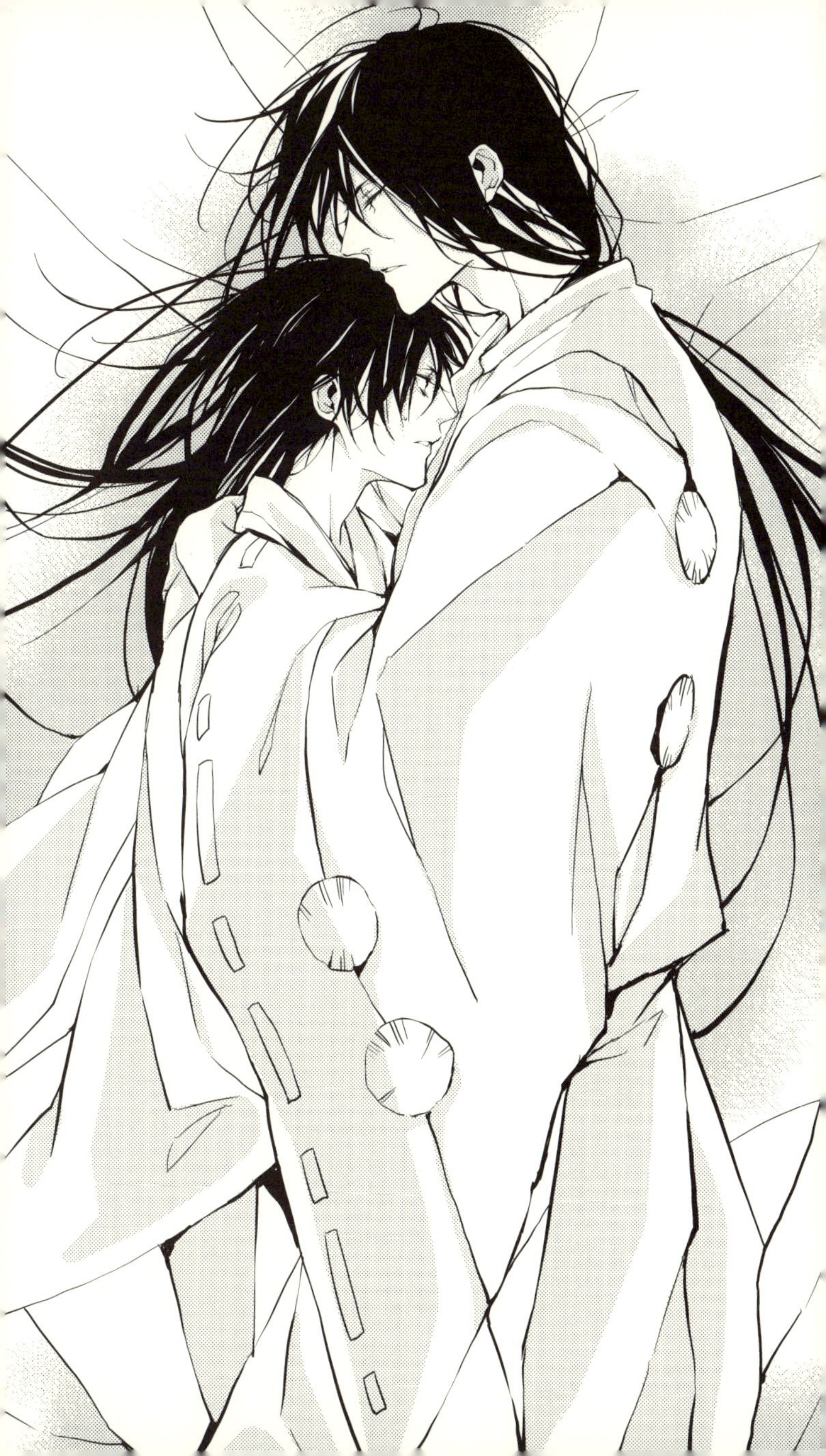

真生への配慮ではなく、主人の身体を慮《おもんぱか》っての対応だという。遠慮は無用という彼なりの配慮なのかもしれないが、そう言われたら、自分に拒否権はないような気がしてしまう。

「晴明が大事なんですね」

「むろん。我が主人ですから」

きっぱりとした返事は微塵《みじん》のよどみもない。

「あなたは人間の晴明と、どうして主従関係なんですか」

「彼が彼だからです」

「えと……それは、どういう……？」

「彼の力が強大なゆえに下ろうと判断した、と、そういうことではないのです。気づいたときには契約が締結《ていけつ》し、彼の式神となっていた。つまりそれだけ、彼の霊力がとてつもないということです」

佐久はさらに続ける。

「式神の世界は力がすべてです。上位の者に従えと命令されたら、下位の者は命令に従う。そこに疑問や不満は存在しません。あの絶大な力は私にとって絶対であり、全身全霊をもって尊敬し、敬愛してやまぬものなのです」

これまで事務的で淡々とした物言いを貫いてきた男が、晴明のこととなったら熱っぽく語りだした。こちらが口を挟む隙もない。そのことに、真生は目を丸くした。

「主人は自身を人間だと言いますが、私はいまだに彼が人間だとは思えません。人間に擬態《ぎたい》したなにかだと思っております」

真生もそれには強く頷いた。なにしろ魂を交換してしまったりするのだ。人間業ではない。

「彼が何者であったとしても、彼の本質が変わるわけではないので、私には問題ではありませんが」

「命令に従う代わりに、なにか代償《だいしょう》を与えられるとか、あるんですか」

「彼の霊力の雫《しずく》が与えられております」

現在は晴明の魂が離れているため、佐久の式神としての力も影響を受けて、普段より制限されているという説明も聞かされた。

「……ありがとうございます。よくわかりました」

この式神が、晴明のことを唯一神のように崇拝し、敬愛してやまないということが、よくわかった。

やっかいな身体を預かったものである。

この調子では、くしゃみひとつしただけでも責められそうだ。

「この身体に風邪を引かさないように、気をつけます」

「お願いいたします」

「ところで、あの……みなさん、こんなに寒くて眠れるんですか」

「さて。主人はこれで問題ないようですが。あまりにも寒い夜はあえて起きていて、昼間に眠ることもありますが、これぐらいならべつに」

「はあ……」

自分が軟弱すぎるのだろうか。晴明は、というか平安時代の人はたくましい。

硬い寝床。掛け布団は他人の身体。

こんな状況で眠れるだろうか。

困惑したが、広い胸に抱かれていたら、意外にも気持ちが落ち着いた。

こんなふうに人に抱きしめてもらえたのは何年ぶりだろう。

人ではないはずなのに、佐久の胸からは心音が聞こえた。その規則正しい音が眠気を誘う。

思っていた以上に疲弊《ひへい》していたようで、真生は目を瞑《つむ》るなり眠りについた。

二

翌朝、目覚めると真生は見慣れぬ天井を眺め、ここはどこだったかとぼんやりと考えた。

「ああ、そうだ……」

ここは平安時代で、自分は安倍晴明になってしまったのだった。

「シャレにならないって……」

朝から頭痛がしそうなできごとを思いだし、ため息をついて身を起こす。となりに佐久の姿はなかったが、真生が起きだした気配を察知したのか、几帳から出ると、彼が部屋へやってきた。

身支度を手伝ってもらい、食事を済ませたあと、また真生は佐久に晴明の話をねだった。

話が一段落した頃、佐久がふしぎそうに見つめてきた。

「昨夜も思いましたが、熱心なのですね」

あたりまえではないかと真生はきょとんとした。元来きまじめで根を詰める性分だが、ここでミスをしたら大変なことになるのだ。熱も入る。

「昨日は、はじめる前から無理だ嫌だと騒いでいらしたのに。ずいぶん印象が異なる」

無理だと騒いだのは問答無用で放りだされたからである。まるで駄々《だだ》っ子のような言われようだ。

そっちの態度のせいじゃないかとちらりと思ったのが表情に出たのか、佐久が「いえ、そうではなく」と軽く首をふった。

「好ましいと言いたかっただけです」

無表情に告げられたので、好意的な言葉をかけてもらったのだと気づくのに時間がかかった。

「そう、ですか。ありがとうございます」

「主人ならば、子細《しさい》を聞かずとも乗り切れるでしょうけれど」

「………」

よけいなひと言を付け加えられて、褒《ほ》められたのかけなされたのかよくわからなくなった。

「時間です。まいりましょう」

「もう？」

立ちあがる佐久を、真生は不安げに見あげた。

大まかな知識は得たが、まだ全然足りないと思うし、自信がなかった。

「いろいろ教えてもらいましたけど、これでなんとかなるとは、とても思えないんです」

「たしかに付け焼き刃ですが、今日一日ぐらいはどうにかなるでしょう」

「自信がありません。へまをやらかしそうです」

ぐずぐずしてうつむくと、佐久が膝をつき、覗き込んできた。

「私がついております」

真摯《しんし》な声で告げられる。

「そばにいて、助力いたします」

無表情で素っ気ないのに、だからこそ信頼できる気がした。硝子のように無垢《むく》で綺麗な瞳にまっすぐに見つめられて、なぜか胸がどきりとし、目をそらす。

「で、でもですね」

「まいりますよ」

「いや、でも、今日は休んで、しっかりと学習したほうがいいと思いませんか。ほら、晴明のことは教わりましたけど、占いのこととか、全然ですし。それなのに皇子の占いなんて無理ですよ」

それから少々、真生は舌戦《ぜっせん》を試みた。ただ無理だと言い張っても相手の合意を得ることはできない。理性と理論と戦略をもってディベートをと奮起してみたのだが、まったく太刀《たち》打ちできなかった。

「占いなど適当でよろしいのです。どうせ相手は元服《げんぷく》もすんでいない子供。私はあなたの影に入り、隠れております。礼儀作法についてはその場で私が指示します。呼びだしたいときは佐久とお呼びください」

佐久は真生の支度を終えるなり問答無用とばかりに床へ沈み込み、真生の影に溶けるようにして消えた。

人ならざる業《わざ》を目撃しても、差し迫った己の試練で頭がいっぱいで、動じている余裕はなかった。

昨日の祈禱はいい加減でもどうにかなったが、今日はそうはいかない。皇子に面会し、占いをしてみせなければならないのである。

「……もう」

「占いなんて、花占いもしたことないのに」

これといった特技もない、まじめなだけが取り柄《え》の自分が、どうしてこんな目にあわねばならないのだろうとしみじみ思う。

自分の先祖が陰陽師だったり安倍晴明ゆかりの家系ならばまだ諦《あきら》めもつくが、それらとは縁もゆかりもないはずなのである。ただ波長があったという理由だけで自分が選ばれたという。

理不尽きわまりなく、文句を言いたいが、文句を言うべき相手はここにはいない。元凶である晴明はいまごろなにをしているやら。

行きたくなくてぐずぐずしていたら、足が勝手に動きだした。

「え、あ、さ、佐久？」

「まいります」

頭の中に直接彼の声が響いた。足は彼に操《あやつ》られているらしい。

屋敷を出て通りへ出ると、また佐久の声が聞こえた。

「ここは高辻小路《たかつじこうじ》。その先の南北に延びる道が油小路《あぶらこうじ》です。もし道に迷ったときのために、覚えておいてください」

「はい」

「まずは陰陽寮へ。晴明様の師匠の元へまいります」

「賀茂……忠行さん、でしたよね」

昨日神泉苑にいた、白い狩衣を着た中年男が、たしか師匠だった。

いまの屋敷で暮らしはじめる前の晴明は、忠行のところへ住み込みで弟子をしていたらしい。

「昨日あなたにべったりくっついていた男、あれはその長男の保憲殿。陰陽師で、晴明様とは幼なじみです。歳は主人より四つ年長、二十四と記憶しています。妻子がいるくせに主人に粉をかけてくる。お気をつけください」

「保憲の呼び方は」

「呼び捨て、もしくはおまえ、です」

壬生大路《みぶおおじ》から美福門《びふくもん》をくぐって大内裏へ入り、いくつもの建物を通り過ぎていく。敷地内はとほうもなく広く、場所や建物の名を佐久が説明してくれる。

「ここは太政官《だいじょうかん》。右手は宮内省《くないしょう》。陰陽寮はその先です」

ここまででもかなり歩いたが、さほど身体は疲れていなかった。自分の身体ならば足が痛くなっていそうだが、晴明の身体は真生よりも筋肉量がありそうだ。

大内裏の南東にある陰陽寮へ着くと、すでに数人が働いており、佐久の教えるままにあいさつをして奥へ進んでいく。忠行は出仕《しゅっし》しておらず、その代わりに保憲がいて、声をかけてきた。

「晴明、おはよう」

「……おはよう」

「聞いたぞ。梨壺の皇子からお声をかけられたそうだな」

「ああ」

「昨日のおまえの話を、師輔《しほ》様が奏上《そうじょう》してくれたようだ。うまくやれよ」

師輔というのは承平天慶の乱の話をした貴族だろうか。皇子と話ができるような立場の人物だったらしい。

「気にいられたら大出世するかもしれん。戻ったら報告しろよ。おっと、父上が来たぞ」

保憲は大きな目を和《なご》ませて、我がことのように喜んでくれている。

皇子の件に関心がむいているせいだろうが、昨日真生が『俺』と言ってしまったことに関して言及はなかった。

佐久は保憲に気をつけろと言ったが、悪い男のようには見えなかった。

まもなく忠行とともに内裏へ入り、昭陽舎《しょうようしゃ》の前庭へむかった。忠行共々昇殿を許されていない身分であり、地に膝をつき、建物へむかって待機していると、殿上の御簾《みす》の中から明るく張りのある声がした。

「顔をあげよ。直答を許す」

声変わりしたばかりといった感じで、せいぜい中学生ぐらいの年頃と思われた。

「そちが安倍晴明か」

「はい」

「話は聞いた。それでな、まずはそちの力を試したい」

御簾の中から小うちぎを着た女房《にょうぼう》が出てきて、六角形の箱を掲げて見せた。

「その中になにが入っているか、占ってみよ」

なんという無茶ぶり。

真生は唖然とし、となりに控える師匠へ目配せした。師匠が「やれ」と唇を動かす。

「は、い……」

晴明ならばわかるのだろうか。しかし自分は超能力者ではないのだ。わかるものかと思う。思うのだが、ここまで来て拒否はできない。

なるようになれと、持参した八卦《はっけ》の木札を手にし、トランプを切るように適当に動かした。

そのいい加減さに師匠がぎょっとした顔をしていた。あとでつっこまれそうだが、開き直るしかない。

「佐久……」

念仏を唱えているふうを装って、名を呼ぶ。

『水晶の数珠《じゅず》が入っております』

頭の中で佐久の声がした。主人大事の式神の答えがまちがっているはずがない。疑う気は微塵も起こらず、真生はその言葉をそっくりそのまま口にした。

「ほう」

御簾の中から感心した声が聞こえた。

「当たりじゃ」

女房が箱の蓋《ふた》を開けて見せてくれる。中にはたしかに数珠が入っていた。

「では、本日の私の吉凶を占え」

機嫌のよい皇子の声に従い、真生はふたたび八卦をいじる。

占いは適当でいいのだろう。無難に言えばいいのだ。

しかし相手は中学生ぐらいの男子である。ほどほどによいことを無難に言っても、つまらないと思われるだけだ。晴明の立身《りっしん》のためにも、少々捻《ひね》りを加えたほうがいいかもしれない。

箱の中身を当てられたことで、真生は調子に乗っていた。

「わかりました」

厳《おごそ》かな口調で告げる。

「東から災《わざわ》いの気配を感じます」

「なに」

皇子が気色《けしき》ばんだ。

いったん不安を煽《あお》り、それから適当な解決策でも献上したらいいだろう。そう思い、自信満々に口を開きかけた真生の耳に、皇子の怒声が届いた。

「今日は東から人が来る。母君の親類で大事な客人ぞ。そなた、それを災いと申すか」

急に責められ、目を瞠《みは》った。

「いえ。滅相《めっそう》もない」

脇に控えている警備の者が剣の柄を握るのが視界に入り、つかのま冷静さを失う。

「そ……そのことではございません」

「では、なんじゃ」

追及の声は厳しい。

「……詳しくはわかりません。ですが、凶事の気配が」

「わからぬとはなんと無責任な。そなた、それ以上無礼なことを言ったら容赦《ようしゃ》せぬぞ」

相手は子供であるが権力を持つ強者であり、だからこそたちが悪い。とりあえず怒りを治めてもらおうと、真生は平伏した。

「申しわけございません」

「いまいちど調べてみよ」

誰も客人が凶事とは言っていないのに、人の話をよく聞けよ、などという口答えは下々には許されない。

皇子はよいことを言ってほしかったのだなと気づいたが、いちど口からだした言葉はなかったことにはできない。失敗した。つっこまれたら、どうとでも受けとれる抽象的なことを言っておけばよかろうと安易に考えていたが、この皇子はそれを許さない。

適当に言って当たらなかったら信用をなくす。といって、誰が言っても当たりそうなことを言っても、たぶん、だめなのだ。

真生は八卦の木札を地面に並べ、ええいままよ、と思いつきを口にした。

「犬が暴れます」

「犬とな」

「野良犬でございます。殿下のお客人がお越しになる東方です。殿下の大事なそのお方が襲われる可能性があるために、殿下の吉凶にも影響が現れたのでしょう。ですので、その方にご注意を促されますよう」

「まことであろうな」

「占いには、そう出ております」

「ふうむ」

わかった、もうさがれ、と素っ気なく告げられて、真生は師匠とともに内裏をあとにした。

これはだめだと自分でも思い、真生は落胆した。佐久は占いなど適当でいいと言ったが、それは超人安倍晴明を基準にした物言いであり、臨機応変《りんきおうへん》にうまくやれという意味だったのではないかといまさら気づいた。真《ま》に受けて、本当に適当なことを言ってしまった。あれではきっと、あとで嫌味を言われるに違いなかった。

嫌味ぐらいならまだいい。もし晴明の出世に大打撃を与えていたら、どうなることか。

師匠からも案の定、なんだあの占い方はと小言《こごと》を食らい、落ち込んでいた午後、皇子からの連絡があった。

明日からも来るように、とのことだった。

「え。なぜですか」

お咎《とが》めかと思ってびくついたが、そうではなかった。連絡を伝えに来た使者が事情を話してくれた。

「なんでも野良犬が集団で暴れ、皇子の客人に襲いかかったそうです。事前に知らされていたために対処できたとか。皇子は晴明殿に感謝しておりましたよ」

適当に口にした予言が当たってしまった。

うっかり「うそ」と言いそうになってしまった。

「……本当ですか」

そんな都合のいいことがあるはずがない。自分に超能力はないのだ。

犬を操る能力などない。

「犬なんて……」

——犬？

そういえば、佐久は十二神将の戌神と言っていた。

佐久ならば、もしや。

屋敷に戻ってから、真生は姿を現した佐久に尋ねた。

「野良犬が暴れたという話だけど、あれってもしかして、佐久がしてくれた、とか……？」

「むろん」

夕食のキノコを火鉢で炙《あぶ》りながら、佐久がなんでもなさそうに答える。やはりそうだったかと真生は感動し、その人形のように綺麗な横顔を見つめた。

「すごい」

真生が無責任に口にしたことを、現実にしてしまった男の能力に素直に驚いた。

佐久としては、晴明の出世のチャンスを潰さぬために骨を折ったのだろうが、真生としては助けてもらったという気持ちが強かった。もし自分がもっととんでもないことを言っていたとしても、佐久は実現させようと奮闘してくれただろう。しかもそれを恩に着せようともせず、黙っているのが格好いい。

「佐久、ちょーかっこいいです」

佐久がキノコから目をあげ、軽く眉をひそめた。

「ちょー？」

「褒めてるんです。すごく、格好いいです」

真生は尊敬の念を抱いて、頭をさげた。

「助けてくれて、ありがとうございます。あと、箱の中身が数珠だと教えてくれたことも」

佐久が真生の顔を見つめ、ふしぎなものでも見るようにまばたきしている。変なことを言っただろうか。

「なにか」

尋ねると、佐久がためらってから口を開いた。

「なぜ、礼を」

「へ？　だって、助けてもらったから」

「私の仕事です。当然のことをしたまでです」

「そうでしょうけど、それでも、ありがたく思ったし」

佐久はまだ納得しかねるような、ふしぎそうな顔をして真生を見つめる。真生のほうもまた、佐久の反応に疑問を抱いた。

「晴明は、あまりこういうことを言わないんですか」

「あれぐらいはできて当然ですから」

式神ならばできて当然のことで、礼を言われるほどのことでもないという。たしかにそうなのかもしれないが。

「そうか……だとしても、やっぱりすごいですし、ありがとうございました」

「べつに……あれぐらいのことで……」

佐久は困惑したような顔をし、焼けたキノコを皿に盛って真生に渡した。それから、瓶子《へいし》から盃《はい》に酒をついでくれる。

日本酒独特の香りが辺りに立ちこめる。

「お酒ですか」

「これですこしは、寒さをしのげるのでは」

身体を温めるために、熱燗《あつかん》を用意してくれていた。

澄ました顔をして笑顔のひとつも見せないくせに、寒がりの真生のことを考えてくれているらしい。

「ありがとうございます。助かります」

日本酒は苦手だが、それよりも寒さのほうがもっと苦手だ。ありがたく受けとり、ぐいっと飲み干した。

「主人の身体ですから。風邪を召されては困りますので」

佐久はあくまでも晴明の身体のためだと素っ気なく言い、盃に酒を満たす。佐久は給仕に徹しており、食べているのは真生だけである。

「佐久は、食事をとらないんですか」

「ええ」

今夜の夕食は、茹《ゆ》でた芋も添えられている。

「この食事も、佐久が用意してくれたんですか」

「主人に命じられた、私の仕事です」

「ほかに、仕事は」

「主人の身のまわりの世話全般です。庭の手入れ、家の掃除、衣服の繕い、来客の対応、買い物もします。馬もおりますので、その世話も」

「それ、ひとりでやってるんですか」

「私しかおりませんので」

晴明はひとり暮らしで、家族も使用人もいないというのは昨日聞いている。だから晴明の世話をするのは佐久だけで、そのまめまめしさに感心してしまう。

いまもツンと澄まして座しているだけに見えるが、真生が暖をとれるように火鉢の炭を調節していたり、昨日は気づかなかったが細かな配慮がなされていた。

「ほかの式神はいないんですか」

「主人と契約を結んでいる者は複数おりますが、今回の留守番役を仰《おお》せつかっているのは私のみです」

「手伝いを頼むとか、できないんですか」

「ほかの者に？　皆、主人の呼びだしがなければ現れませんし、必要もありません」

澄ました調子でそう言ったかと思うと、佐久はふと気づいたように真生を見た。

「私ひとりでは、至らぬことがございますか」

「あ、いえ」

「あるならば、遠慮なくおっしゃってください」

「そうじゃないです。ひとりで切り盛りしていてすごいなあって感心していただけです」

佐久の眉がひそめられる。不機嫌な仕草ではなく、真生の言葉の真偽を測るような顔つきだ。

「本当に？」

「はい。だから、だいじょうぶです。ありがとうございます」

笑ってみせると、佐久がびっくりしたように真生を見つめた。

彼はこちらがとまどうほどまじまじと見つめて、それからぎこちなく目をそらし、火鉢の炭を火箸《ひばし》でつつきはじめた。

「でしたら、いいのですが」

ぼそぼそと呟くように言うさまは、まるで対応に困ったかのような、照れたような態度に見えた。

「佐久？」

「いえ……主人がそんなふうに笑うことはないので……」

笑顔に驚いたらしい。

「笑わないほうがいいですか」

「いえ」

佐久はこちらを見ずに短く答える。そしてふと思いついたように付け加えた。

「私とふたりきりのときは、あなたらしく振る舞ってください。あなたも疲れるでしょうし、私も、そのほうがいいような気がいたします」

「……『私も』？」

「ええ」

佐久もそのほうがいいというのはどういった理由だろうかと気になったが、答えをもらえそうになかった。

火鉢を見つめる瞳は落ち着かなそうに揺れている。赤い炭に照らされた横顔は相変わらず人形のように美しいが、よく見ると表情があることに気がついた。

真生の気持ちにも気遣いを見せてくれたりもして、式神だから人間らしい感情表現が乏しいだけで、悪い男ではないのだと改めて思う。

初対面の悪印象は完全に払拭《ふっしょく》されていた。

真生は臆病で小心ではあるが人並みに好奇心も持ちあわせており、初めて接した式神に対する興味が、むくむくと湧《わ》きだしていた。

――佐久が笑ったら、どんな感じなんだろう。

気になりながら、真生は盃を傾けた。


その夜も添い寝をしてもらい、目覚めると、佐久は袖を紐《ひも》で縛り、頭には布巾《ふきん》を巻き、簀の子の雑巾がけをしていた。

「神力とか使わないんだ……」

なんともミスマッチな感じのするその姿に、真生はしばし見惚れてしまった。イケメンはなにをしてもさまになるものだと感心しつつ、上着を着込む。

子供ではないのだから身支度ぐらいは自力でできなければと思う。身体は晴明のものだが、中身は佐久の主人ではないのだ。いわば居候《いそうろう》の身でありながら、なにからなにまで彼ひとりにやらせるのはどうかと思った。

「おはようございます」

簀の子へ出ると、顔をむけた佐久が思いきり嫌そうに顔をしかめた。

「それは違います」

雑巾を投げだして、真生を部屋へ連れ戻す。

「着方、まちがってますか」

「身支度については私にすべておまかせください。着方はもちろんですが、細かな取り決めもございます。神事をするときは白の狩衣ですが、いつもそうとはかぎりません」

着付けし直してもらうと正座させられ、髪を整えてもらって烏帽子をかぶる。

かいがいしく世話を焼かれて、なんだか面映《おもは》ゆくなる。

真生の身支度を整えると、佐久は自分の頭に巻いていた布巾をとった。するとその拍子に髪を結わえていた紐もほどけてしまい、長くまっすぐな黒髪が肩にさらさらと広がった。佐久は首をかしげて髪を一方へ寄せる。その仕草が男の綺麗な頬のラインや首筋を強調し、真生の目を奪った。魅惑的で神秘的で、見てはいけないものを見てしまった気分である。

気づいたら、胸がどきどきしていた。

しかし佐久が無造作に髪を結い直し、雑巾を片付けに姿を消したら動悸《どうき》も治まった。

——なんだ、いまの。

不可解だったが、まもなく忘れた。

支度をすませると、比較的のんびりと御所内の陰陽寮へむかった。

陰陽寮とは中務省《なかつかさしょう》の機関のひとつ、現代風に言えば政府の省庁のひとつであり、そこに勤める陰陽師は、つまり役人である。

吉凶や地相を占う陰陽道、天文観測をおこなう天文道、暦の編纂《へんさん》をおこなう暦道《れきどう》などがあり、それぞれの担当者の下に十名ほどの学生がつく。

基本的に陰陽師の官位は従七位上《じゅしちいのじょう》。その上の陰陽博士でも正七位下《しょうしちいのげ》。殿上できるのは従五位《じゅごい》以上であり、陰陽師の身分は高くない。

晴明は学生の身分であり官位はない。すでに学ぶことはなく、師匠の雑用が主である。用を言いつけられてもわからないことばかりだが、佐久に教わってどうにか乗りきり、また、午後には皇子の元へ赴《おもむ》き、占いをした。

昨日の占いが的中したお陰で皇子の機嫌はすこぶるよく、無難に事なきを得た。

勤めを終えると、保憲に家へ誘われた。

「晴明、うまくいった祝いに、飲もう。うちへ来い」

「いや……寒いから早く帰りたい」

「なに言ってる。だったらなおさらうちへ来い。暑いぐらい火を焚き、酒を振る舞ってやるぞ」

「だけどな、用事もあるんだ」

「あとにしておけ。どうせあとまわしにできることだろう？　じつはな、知人から鯖《さば》が届いた。今日来ぬと、口にできぬぞ」

ぼろが出るとまずいし、佐久に、保憲には気をつけろと言われている。なので断ったのだが、保憲は強引だった。真生の腕をとり、引っ張る。

「残念だが、とある人からの頼まれ事があるんだ」

「なんだ」

「おまえには言えん」

押し黙った保憲に顔を覗き込まれた。

「おい晴明。鯖だぞ。おまえが鯖と聞いて誘いを断るとは、いったいどうしたんだ。最近、おかしいよな」

「そうか？　おかしなことはないと思うが」

「いや。おかしい」

男の声が、影を帯びた。

「態度も、言葉遣いも、おかしい。つい数日前も、自分のことを『俺』と言っていたな」

「………………」

もう忘れていると思っていたことを持ちだされ、ふいをつかれた。

「俺の、気のせいか？」

「……ああ。気のせいだ」

保憲が陽気な笑顔を見せた。

「そうか。だったら、家に来いよ」

陽気に見せているが、目は笑っていない。

別人とばれてはいないと思う。しかし変だと疑われている。

断ったらよけい疑われそうな雰囲気である。

危ない橋は渡りたくないが、かたくなに拒むほうが危険な気もし、けっきょく断りきれず、寄っていくことになった。

佐久はそばにいるはずだし、いざとなったら助けを求めよう。

保憲は妻がいるという話だったが、連れていかれたのは妻子のいる家ではなく生家の賀茂邸だった。そちらのほうが晴明もなじみがあって気安かろうと保憲は言う。

賀茂邸は晴明宅よりも広く、使用人も多かった。保憲の口ぶりからすると晴明はよく訪れているようなので勝手知ったるふうを装わなくてはならない。足の運び、視線ひとつにも注意を払わねばならず、保憲の部屋に着いた頃には神経がすり減った。

「まずは酒だ」

火鉢を囲んで座すと、まもなく酒と肴《さかな》が運ばれてきた。

真生の心労など気づかぬふうに保憲が酒をつぐ。

「晴明。おまえもこれから陽の目を見る日が来る。俺は嬉《うれ》しいぞ」

保憲が明るい笑顔を見せる。

「自分のことのように喜ぶんだな」

「それはそうだろう。幼い頃から共に父上から学んできた仲じゃないか。おまえの実力から考えたら、もっと早くこうなるべきだった」

「まだ、どうもなっていないぞ」

「いずれ、なる。上が詰まっているからどうにもならなかったが、じき、調整があるだろう。それだけの成果をだしたのだ」

真生はどうとでも受けとれそうな薄い笑みを浮かべ、保憲の盃に酒をついだ。

「しかしおまえは本当にすごいな。おまえの方術の腕前には、恐れ入る。どうしたらぴたりと当てられるのだ」

「師匠の指導のお陰だ」

「どうした、やけに殊勝《しゅしょう》なことを言う。やはりおかしいな」

目を丸くされたので、急いでつけ加える。

「そう言っていたと、それとなく伝えてくれ。手抜きをしたのがばれて、怒らせてしまったから」

「そういうことか」

おもしろそうに笑われ、ほっと胸を撫でおろした。晴明の物言いは、師匠に対しても不遜《ふそん》らしいと頭に入れておく。

「こうしておまえと酒を飲めるのは、久しぶりだな。もっとうちに来てくれたらいいのに」

酒が進むと保憲は真生を疑うこともなくなり、仕事の愚痴《ぐち》や昔語りなどをはじめた。真生が相槌《あいづち》しかせずとも、ひとりで調子よく喋る。その内容は多岐《たき》に亘《わた》るが、妻子の話題にはふれようとしなかった。

真生も酒をつがれ、盃を重ねた。真生は酒は苦手で、日本酒はめったに飲まない。しかしこの身体は晴明のもので、酒量がわからない。

昨夜飲んだ感じでは、真生自身よりも飲めそうな感覚だった。早く暖まりたいという気持ちがあり、つがれるままに速いペースで飲んでいたら、知らぬまに酒量を過ごしていたらしい。

「晴明」

ふと気づくと、火鉢のむこうにいたはずの保憲がすぐとなりにいた。

「……なんだ」

「ずいぶん酔ってるな」

「そうか、な……」

「いつもはもっとゆっくり飲むくせに。今日は、どうしたんだよ、本当に……」

ゆっくり飲むなんて、知らない。そういうことは事前に教えてくれと、潜んでいるはずの式神へ言いたかった。酒を飲むペースまで思い至らず、確認しなかった自分が悪いのだが。

佐久もこちらが訊けば教えてくれるが、基本的に自ら積極的に説明しようとはしない。意地悪でわざと教えないわけではなく、いろいろと気遣ってくれているのはわかるのだが、やはり人外だからなのか、どうも彼の配慮には偏向があるように思える。

だから自分が気をつけなければいけない。

「祝いだからな」

保憲がなにか気づいたように息を呑み、口を閉ざした。そして真生の手に、そろりと手を伸ばしてきた。

「……もしかして……もしかして、なんだが……おまえ、自棄《やけ》になっているか？」

「なんのことだ」

「俺の子供が先日生まれたこと、知ったんだろう」

「…………」

保憲には妻子がいると佐久から簡単に聞いていたが、生まれたのは最近のことだったのか。それにしてもそれがなんだというのだろうと彼を見ると、せつなげなまなざしとぶつかった。

「妻をめとったことは、出世のためにしかたがないことだったんだ。でも、いまは後悔している」

保憲の手が、晴明の肩を抱き寄せる。

「ずっとおまえに言い寄っていたのにな。不実な男と思っているだろう。だが、俺はいまでもおまえのことが……」

「…………」

「おまえ、自分の気持ちを素直にださないから……だが、本当は、おまえも俺のことを想っていてくれたんじゃないのか？」

どうしてそんな飛躍した話になるのか。ついていけない。

「……ええと、なぜ」

「最近のおまえのおかしな態度は、そういうことなんだろう？　いま、ようやく気づいた。俺は鈍すぎた。許せ」

「え、いや」

真生は焦った。

晴明が保憲をどう思っているか知らないが、最近の挙動不審の原因は、ふたりの恋愛事情とはまったく関係ないのである。

他人の恋愛事情に首をつっ込むつもりは毛頭ない。

「誤解だ。保憲、放せ」

「放さない。おまえは口ではそう言って、俺を求めていたんだろう。あと一押し、俺が踏みだすことを望んで」

「違うっ。おまえこそ酔いすぎだ」

酔った赤ら顔が近づき、抱きしめられそうになる。慌てて後ろへさがって距離をとろうとするが、そのぶん保憲も詰めてくる。

「ほんとに……あっ」

肩をつかまれ、押し倒された。

逃れようともがくが、保憲のほうが力が強かった。唇が近づき、冗談ではなく男の本気を感じとり、怖気《おぞけ》が走る。

まずい。

——佐久。

その名を呼ぼうとした刹那、部屋に突風が巻き起こり、保憲が身体を離した。

そこに、佐久が姿を現した。能面のような無表情である。

佐久の巻き起こした風が真生の頰を打った。

「あ……」

佐久は真生を抱きかかえると、無言で戸を開けて外へ出、跳躍した。またたくまに屋敷を出、闇の中を飛ぶように進む。

人のように走っているのではなく、いちど地を蹴るとその一足で五メートルは宙を駆ける。人ならざる身体能力である。

あまりの速さに目がまわりそうだったが、佐久のたくましい腕と胸に抱かれることに安心感を覚えた。

——佐久がいればだいじょうぶだ……。

助けられた実感にほっとした真生だったが、そのとき、真生とは温度差のある声を投げつけられた。

「なにを考えていらっしゃる」

風を切りながら、佐久の叱責が飛ぶ。苛立ちを隠さぬ声だった。

「かの者には気をつけろと申しあげたのに。あの屋敷には結界が張ってあることもおわかりでしょうに」

「結界？　そんなの、聞いてない」

「わざわざ言わずとも、わかるでしょう」

「わからないですよ。俺は晴明じゃないんだから」

酒を飲むペースについて思いおよばなかったのは自分の落ち度でもあると思えたが、結界云々《うんぬん》などという話に至っては、凡人の自分に気づけようはずもない。

風が冷たく、耳が凍結しそうだ。佐久の胸元へ身を寄せると、彼が顔を袖で覆ってくれ、風が当たらぬようにしてくれた。

苛《いら》立った声をあげていても、そんな配慮はしてくれる。それなのに、必要な情報を必要なときにくれない。

「……わからないのですか？　あれが？」

心底驚いた様子である。

「そうですよ。ていうか、結界が張ってあると、なんなんです」

「それすら、わからないのですか」

「だから……」

なにもわからないのだと初めから言っているではないか。

どうも互いの認識にずれがある。

ようやく納得したように、佐久が息をついた。

「賀茂邸だけでなく、御所にも結界が張られておりますのでご注意ください。結界がありますと、私は自由に動けなくなります。姿を現すのに、やや手こずりました。ですので助けが遅れました。申しわけありません」

声から苛立ちが消えた。

「わかっていて、なにか考えがあってあえて訪問したのかと思い、口を挟まずにおりました」

「考えなんて……。そういうときは、確認してほしいような気がします」

なにかあれば佐久に助けてもらおうと思っていた。もし佐久が力の弱い式神だったら、結界を破ることができなかったのかもしれない。それを思うと、真生はいまさらながらぞっとした。

「確認してもよろしいのですか」

「もちろんです。晴明はそういうこと、言わなかったんですか」

「主人は一を聞いて十を知る男。私の言葉が多すぎると、不興《ふきょう》を買います」

佐久の基準は晴明であり、真生に対するときも基本的にそれに準じて判断してしまうようだ。しかし真生は晴明ほど優れた男ではないのである。

「俺は晴明じゃないんです。十言いたいことがあったら、それを二十ぐらいにかみ砕いて説明してほしいかもです」

「たしかに、あなたは晴明様ではない」

冷静な返事に、ちょっと胸がちくりとした。

嫌味が含まれていたわけではなく、ただ事実を言われただけなのだが、劣っているとか、自分ではだめだとか、なにか否定されたような気がしてしまった。

――なんだこれ。

真生はもともと、他人の些細《ささい》なひと言を気にするたちである。しかしいまのはいつも以上に引っかかり、胸に残り続けていて、それがふしぎだった。

やがて晴明宅へ着き、身体をおろされた。いまさらだが、何キロも走っているあいだ抱きかかえられたままだった。助けてもらった礼もまだだ。

「助けてくれてありがとうございました」

部屋に入ってから改まって言うと、佐久は火鉢の火をつけながら澄ました顔をむけた。

「仕事ですので」

ドラマチックな救出劇を演じておきながら、あくまでもドライな男の言葉に、真生は苦笑してしまった。

「そうでしょうけど、ありがとうの返事は、どういたしましてのほうが嬉しいかな」

「どういたしまして、ですか」

「はい」

「驕《おご》った物言いのように思えますが」

「そうですか？　『仕事』と言われると、拒絶されている印象を受けるというか、佐久自身や晴明のためにしたとしか感じませんが、『どういたしまして』だと、俺のことを考えてしてくれたように思えるので――」

そこまで言って、自分はなにを言っているのかと舌をとめた。

佐久にとって、真生を助けることは晴明のための仕事でしかないのに。

自分だって晴明のふりをしているのは命が惜しいからで、それ以上でも以下でもないのに、自分はこの式神にいったいなにを求めてるのか。

――俺、佐久と仲良くなりたいのかな……。

そうなのかもしれない。

もっと、近づきたい気がしている。

気軽に口にした言葉の意味にとらわれて、より深く物思いにふけりそうになったが、「では今後はそのように言いましょう」と答える佐久の言葉で中断した。

佐久は黙々と調度を整えている。その姿を目で追いながら、真生は火鉢の前にしゃがみ、手をかざした。

「佐久。まだ、怒ってますか」

「いいえ」

返事は短いが、佐久の表情に不満は見られなかった。

真生はほっとして内心で胸を撫でおろした。

佐久を怒らせたくはなかった。それは彼が唯一の協力者であったり、人ではない存在であるからだが、それだけではない感情の芽があるような気がした。それは表層を突き破ることなく、柔らかな心の内部をちくちくと刺激してきた。

「あの」

心をちくちく刺激するものを気にしながらも、真生は呼びかけた。

「俺、わからないことばかりで、呆れていると思います。佐久にもよけいな手間をかけさせて、悪いと思ってます」

自分は晴明のわがままに巻き込まれた被害者だと思う。なぜ自分がこんな目にあわなければならないのかと思う。

だが、だからといって「わからなくてあたりまえ」と開き直るのも「あなたの主人の責任なんだからあなたが俺の面倒を見るのは当然だ」と佐久に威張《いば》るのも違うと思った。

互いに被害者なのだと気づいた。

理不尽な目にあっているのは佐久だっていっしょだ。主人でもない見知らぬ男の世話をすることになり、どうして自分がと思ってもおかしくないのに、文句も言わずにすべきことをしている。

その態度が男らしくて格好いいと思えた。

だから自分もそうしようと思った。

「俺、俺なりにがんばります。だから、その……協力しましょう。佐久は晴明のために、俺は元の世界に戻るために、互いに協力しあって、三ヶ月を乗り切りましょう」

助けてくれ、ではなく、あえて「協力」という言葉を選んだ。

「もちろんです」

佐久が頷いた。その瞬間、彼の硝子玉のような瞳に、これまではなかった色合いが見えたような気がした。

この状況において協力しあうのは当然のことで、わざわざ口にすることでもないかもしれない。しかし意思を表明し、確認したことで、昨日までは頼りなかった互いの信頼の糸が紐程度には太く繫がったのを肌で感じた。

糸が、綱になるといい。

「そういえば保憲のことなんですけど。もしも晴明も保憲のことが好きだったとしたら、どうしよう。俺、どう接したらいいですかね」

「それはございません。主人は賀茂家へ住み込みで陰陽道を学んでいたのですが、三年前にこちらへ移ったのです。理由は、彼がうっとうしかったせいだと聞いております」

「じゃあ、きっぱりと拒否していいのかな」

「お願いいたします」

酒の酔いも覚め、真生はぶるりと肩を震わせた。火鉢の火はついたばかりで室内は冷えきっている。

「炭では時間がかかりますね……すこし、部屋を暖めます」

寒がる真生を見た佐久が申し出てくれた。

「え……それって、神力を使ってくれるってことですか」

「はい」

だが先日は、無駄な労力は使いたくないと言っていた。結界を破ったり真生を抱えて走ったりなどよけいな仕事をさせてしまったあとで、申しわけない気がした。

「いえ、いいですよ」

「遠慮は無用です。そのお身体のためにすることとです」

晴明の身体のためだと強調される。

「でも、すぐに寝ますから」

「わかりました」

寝る支度をして寝床に入ると、当然のように佐久も入ってきて、真生を抱きかかえた。

「……すみません。ありがとうございます……」

「どういたしまして」

気恥ずかしさを覚えつつ、広い胸の中に収まる。

佐久は自分を抱くことに抵抗はないのだろうかとふと思う。

「こういうことを晴明ともしていたんですか」

「こういうこと？」

「その……寒いからって、いっしょに寝たりとか」

「いいえ、しておりません。主人は自分のことは自分ですべてできる方ですので」

平坦な口調だったが、並ならぬ尊敬の念が込もっている。

「そうですよね……」

佐久は純粋に晴明を賞賛しているだけで、真生をおとしめるつもりはないのだろうが、身代わりとして優秀でないことを自覚している真生は、すこしへこんだ。

協力しあおうと言うからには助けてもらうばかりでなく、佐久の信頼を勝ち得るようにがんばろうと思う。

そんな真生の気持ちに気づかぬふうに、佐久がぽつりと尋ねた。

「主人は、いま頃どうしているでしょうか」

「俺の身体に入ってるんですよね」

晴明は晴明で、真生のふりをして過ごしているのだろうか。

岸谷とはどう接しているのだろう。大学の講義も受けているのだろうか。

「……なんか、変な気分。というか、不安だな……」

戻ったらどんなことになっているだろうと考えると、またべつの不安が湧いてくる。いろいろとおかしな行動をされていないか、友人の見る目が変わっていないか。まさか犯罪に手を染めていないか。

「未来には、私のように、主人を助ける存在はいるのでしょうか」

「うーん。どうでしょう。岸谷は……どうだろ。親身にはなってくれるだろうけど、ふつうの人間だし。佐久のような特別な存在はいないです」

「そうですか……」

佐久にしてはめずらしく、心細そうな弱々しい声だった。

「主人も、慣れない場所で不自由をしているでしょうか……」

真生を抱きしめる腕に、無意識のように力が込められた。純粋に、主人の身を案じている気持ちが伝わる。

「晴明のこと、心配ですか」

「とても。かけがえのない主人ですので」

「そうですよね」

聞くまでもないことだ。

だからこそこうして主人の身体が冷えないように暖めてくれているわけである。襲われたところを助けてくれたわけである。真生のためではなく、晴明のために。

「……っ」

——まただ。

なぜかまた、胸がちくりとした。

それに気づかなかったふりをして、佐久に話をふる。襲われかかって興奮しているせいだろうか、今夜はなんとなく、すぐに眠れそうになかった。

「佐久は、晴明に呼びだされて三年って言ってましたよね。その前はほかの人に仕えたりしてたんですか」

「いいえ。私は晴明様に命を吹き込まれましたので。晴明様以外の主人はおりません」

「え……」

真生は佐久の胸に埋めていた顔をあげた。淡い瞳と視線がぶつかる。

「なにか」

「いや、その。それってまさか、生まれて三年、なんて意味じゃないですよね？」

「そういう意味になります」

真生は穴が開くほど綺麗な顔を見た。

「……まじですか」

佐久の見た目は二十代なかば。しかし人ならざる存在であるから、数百年など長い年月を過ごしているかと思っていた。それがまさか三年とは。

子供ではないか。

「佐久……俺より若かったんですね」

まの抜けた声が出た。

「はい。ですので、人のことは主人しか知りません」

「……そういうことか……」

真生は真相を知り、脱力した。

初め、なんと冷たい男かと思ったが、そうではなかった。

この男は、晴明への対応方法しか知らないのだ。だから言葉が足りなすぎたり、真生への配慮に偏《かたよ》りがあるように感じられたのだ。

なにも教えてくれないと詰《なじ》ったが、真生がなにを知っていてなにを知らないのか、佐久は本当にわかっていないのだろう。

「なにか」

「……佐久。晴明はこの世界のことをよくわかっているから、佐久の助言を必要としなかったでしょうが、俺は佐久の言葉をとても必要としてます。どんなことでもいいので、喋ってください」

「どんなことでも？」

「ええ。どんなことでも」

佐久は考えるようにしばし黙り、ぽつりと言った。

「主人は、だいじょうぶでしょうか」

考えた末の第一声がそれである。

佐久自身のことでも、真生のことでもない。よほど晴明が気がかりで、心配らしい。式神とはそういうものなのだろうかと思いかけ、そういえば三歳なんだよな、とも思った。

「晴明と離れて、心細く思ってたりします……？」

もしかしたら、初めて親から離れた子供みたいな心境に近いのかもしれない。そんな想像が頭をかすめた。

「そうかもしれません」

佐久はすこし考えてから、そう答えた。

「主人とこれほど離れたのは、初めての経験ですので。ひとりで放りだされたような心持ちです」

なんの感情も感じられないさらりと乾いた声だった。それがよけいに彼の心のおぼつかなさ、未発達ぶりを表しているようだった。

「佐久には仲間とか兄弟とか、気持ちを言える相手はいますか？」

「私は式神です。そんなものはおりません」

「そう……」

自分の両親が手の届かぬところへ行ったしまったときのことを思いだす。あのときの自分は感情が欠落していて、なにも感じられなかった。漠然とした不安感だけが心の底に根を張るようにあり、それはいまの佐久の気持ちと近い気がして、自分勝手な解釈とわかっていながら仲間意識が芽生え、放っておけない気分にさせられた。

「晴明は、きっとだいじょうぶです。なんたって、安倍晴明だし。俺の友だちはいいやつだから、助けてくれてると思います」

それきり佐久は喋らないので、真生は自分の身の上話をした。自分のことを話してわかってもらえないと、この男からはほしい情報を得られそうにない。七つのときに両親が他界したこと、それから親戚の家で暮らしたこと。現代の話。友だちの話。佐久は真生を暖かく包みながら、話を聞いてくれる。

そのうち眠気がやってきた。

話を終えて目を瞑ると、暗闇に立つ自分の姿が脳裏に浮かんだ。そこからとても遠くの暗闇に、佐久の姿がある。

頭の中の真生は、佐久にむかって一歩、歩み寄っていた。

目を覚ますと佐久の寝顔が目の前にあり、いっきに目が覚めた。

いつも自分が目を覚ましたときには佐久はすでに寝床から出て家事をしているから、寝顔を見たのは初めてのことだ。

——ていうか、佐久もちゃんと眠ってたんだな。

式神も眠るものらしい。本当に眠っているのだろうかと訝《いぶか》ってみたが、規則正しい安らかな寝息をたてている様子を見ると、そのようだ。真生は間近からしげしげと見つめた。

綺麗な顔をしているとつくづく思う。眉も高い鼻梁も唇もまっすぐで、あらゆる欲望と無縁そうな、ストイックで清潔な顔立ち。

人ではない。人のように欲望に満ちた生き物とは次元の異なる存在ゆえに、これほど美しいのだろうと妙に納得する。

人形のような顔。感情の乏しい式神。この男に多彩な心が宿ったら、どんな表情を浮かべるようになるだろう。

肌も陶器のように綺麗で、朝の光を浴びて純粋無垢な魂そのもののように輝いている。

「………」

真生は知らぬまに口に溜まった唾《つば》を飲み込んだ。

見ていたら、ふれたいような気分になってきた。

しかしふれたら起こしてしまうだろう。もうすこし見ていたい気がした。

真生の身体の上には佐久の腕があり、彼の胸に抱き寄せられた格好のままなので、身じろぎしただけでも起こしてしまいそうだ。

――眠っているときでも、しっかり抱き寄せて……。晴明を守ろうとしてるんだな……。

真生が寒がったために添い寝ということになったが、佐久としては真生のためではなく、晴明の身体のためにとった行動であろうことは、その言動から知れる。その都度「御身のために」と言われ、式神の晴明への忠誠心の揺るぎなさはこの数日間で学んだ。ゆえに、佐久はなにがあっても絶対に真生を助けてくれるという信頼と安心感を覚えているのだが、同時に、なんとなくすっきりしないものも胸に芽生えていた。

——なんだろうな、この気持ち。

己の感情をつかみきれず、もやもやしながら綺麗な顔を眺めていたら、その長いまつげがぴくりと動き、まぶたがゆっくりとあがった。

ぼんやりとした瞳が真生に焦点をあわせる。

「晴明様……」

「おはようございます」

あいさつすると、佐久が一瞬息をとめ、ああ、と納得するように呟いた。外見は晴明だが中身が違うと思いだしたらしい。

「寝過ごしてしまいましたでしょうか」

佐久は起きあがり、格子戸《こうしど》をあげて部屋に陽射しを入れた。

「いや、いつもとおなじくらいじゃないですか」

真生も起きだすと、佐久が着替えを手伝ってくれる。

室内へ差し込む朝日へ目をやりながら、手をすこしあげ、腰紐を縛ってもらう。

「佐久は陰陽道の知識はありますか」

「多少は」

「よかった。今日はそれを教えてもらえませんか」

昨夜からすこし考えていたことを口にした。

「勉強しようと思うんですけど、晴明が知っているはずの初歩的なことは師匠には訊けないから」

昨夜、協力しあおうと言ったが、真生がすべきことは、とにもかくにも晴明らしく振る舞えるようになることだ。

三ヶ月したら戻れることになっているので、心細く不安ではあるが、絶望するほど悲観的にもならない。こうしてそばで助けてくれる佐久という存在もおり、その頼もしさを毎日実感しているため、前向きになるのは比較的容易なことだった。

出勤までのあいだ、陰陽五行などの講義を佐久から受けた。もちろん一朝一夕で身に着くわけもなくさわりだけだが、たとえわずかでも自信に繋がる。

晴明は学生という身分で忠行の弟子であるが、基本的に陰陽寮では忠行の仕事の雑用をこなしている。真生が来てからは反乱鎮圧の祈禱や皇子の占いなどイレギュラーなことが続いており、日常業務がなかったのでどうにかなったが、そろそろごまかしきれない気がする。

頼りは佐久だけだ。

佐久を影に忍ばせて出勤すると、初めに保憲が近づいてきた。

「晴明。昨日のことだが」

「ああ。お互い酔いすぎたようだな」

佐久のようにツンと澄まして横切る。

「まことに。あの家に式神を呼ぶとは。それほどおまえが怒るとは、反省している。いや、じつは所々記憶があいまいで、その」

「怒ってはいない」

保憲が追いかけて言いわけしてくるが、真生は相手にせず師匠の仕事の準備をした。その姿を見て保憲も仕事へ戻る。

陰陽師というといつも怨霊退治でもしていそうなイメージを持っていたが、実際は星の観察や占いなどの地味な仕事ばかりで、むしろ怨霊退治よりもごまかしが利かないようだと気づいた。

「晴明、これを書き写してくれ」

「はい」

師匠から書物を渡され、自分の席へすわる。すわる場所もそうだが、履き物を脱ぐ場所やらものがどこにあるか、すべてがわからないのに、熟知しているふりをするというのは非常に難しい。真生ひとりだったら無理なことだったが、佐久が指図してくれるのでどうにかなった。

ろくに意味のわからない漢文を開き、墨をすって写本する。

漢文が読めなくとも、書き写すだけならばなんとかなると思った。しかし、真生は絶望的に習字が下手だった。真生の書いた字は真生自身もろくに読めない。

手元には晴明の文があるが、手本よりも美しく達筆だ。別人の筆跡であることは明らかで、これはごまかしようがない。

「あの……」

となりにいる若輩《じゃくはい》の学生が真生の字を見てぎょっとしたような顔をした。

「晴明殿……いかがなされましたか」

「なにか」

「その、それは……」

視線で手元の小汚い書を示される。内心びくつきながらも真生はとぼけた顔をしてみせた。

「それ、とは」

「書体が、いつもと異なりますが」

「じつは、手を痛めてしまって。やはりまずいだろうか」

「ええ。それではちょっと」

「悪いが、代わってもらえるだろうか。代わりにできることがあれば言ってくれ」

痛めたと言うわりにふつうに動く手を見て、相手は疑わしそうな顔をしていたが、晴明は学生の中では一番年長であり、一目《いちもく》置かれているためか、その場では厳しい追及はなかった。

堂々としていれば案外押し通せるものだ。澄ましていようとほかの仕事を続ける。

しかし三ヶ月間ずっと手を痛めたと言い続けるのも苦しい。書道もいくら練習しても、三ヶ月ではたいして上達するとも思えない。どうしたものかと思うが、それでも練習していくしかないのだろう。

「晴明殿、そちらの桜の筆をとっていただけますか」

写本を代わってくれた学生が頼んでくる。

「桜の筆……ええと」

とまどって呟くと、佐久が頭の中で目の前にある筆だと教えてくれたので、それを学生に渡した。

頼まれてから渡すまでに数秒かかっており、反応が不自然に遅れてしまう真生の態度を、学生はますます疑わしげに見る。

——やっぱりまずいかな。まずいよなあ。

挙動の不審さは、その学生だけでなく、複数の者にも気づかれているようだった。帰り際、玄関先で数人の学生に呼びとめられた。

「晴明殿。すこしよろしいでしょうか」

「はい……」

ずらりと居並ぶ彼らの様子に嫌な予感を覚える。

「述而第七《じゅつじ》を暗唱《あんしょう》していただけますか」

なにそれ、と言いたいのを呑み込む。

「……いま？」

「はい」

「なぜ……」

「いまいちど、聞きたいのです。以前もお願いしたら、すぐにそらんじてくださったではありませんか」

試されているのはわかった。そして、真生はそれを暗唱することができない。佐久は黙っているので、佐久もわからないのだろう。

暗唱できない言いわけをしたり逃げ帰ったりしたら、よけい怪しまれそうだ。

「……みんなで私を取り囲んで。なにやら試されているようで、気分が悪いな」

真生は内心の動揺を隠し、憤慨《ふんがい》してみせた。

「どんな思惑があって、私を試そうとする？　誰かの差し金か」

「どうも不可解なのです」

学生のひとりが冷静に話す。

「ここ数日、めっきり喋らなくなりました。ものを尋ねても、すぐに返事はなく、以前のような明朗さがない」

「疲れているせいだろう」

「そうでしょうか。どれほど疲れていても、聡明で自信に満ちておられるのに、いまはどこか自信なさげで、目がさまよっています。言葉遣いも、ときどき変です」

一同が頷く。

「並外れた教養も知識も記憶もどこかに忘れてきたかのような……まるで別人になったような気がします」

「忘れてきたとはまた、すごい言われようだ」

本当に別人なのでしかたがないのだが、教養の欠片《かけら》もないと言われては、いい気分ではない。

「つまりきみたちは、私が別人になったと疑っているのか」

「心配しているのです。あるいは御魂《みたま》を操られてしまっているのかと……。そうではないとわかれば、いいのです」

「挙動不審の理由を知りたいのだな」

「平たく言えば、そうです」

一同が固唾を呑んで真生に迫る。妙なことをしたら調伏されそうだ。

「……では、一句詠《よ》もう」

この難局を乗りきるにはどうしたらいいかと頭がめまぐるしく回転し、とっさに歌を詠むことを閃いた。

「忍ぶれど、色に出《いで》にけり我が恋は……ものや思うと人の問うまで」

隠しているけれど、恋心がつい表に出てしまう。どうしたのかと人に尋ねられてしまうほどだ――という意味の、百人一首の歌である。日本人なら誰もがいちどは耳にしているはずの有名な歌だが、いまより十年後の歌合わせの席で平　兼盛《たいらのかねもり》によって披露《ひろう》されるはずの歌なので、ここにいる者たちは晴明がいま即興で作ったと思っているはずである。

一同からほう、と驚きと感心のため息が漏れた。

「……忍ぶれど……」

優れた歌に感動したように、男たちは口々に呟いている。

「晴明殿は、つまり……」

「そういうことだ」

ここ数日挙動不審に見えるのは、すべて恋のせいだと詠んでみたわけである。

この時代、漢詩や和歌を作れることが教養である。その教養をもって、事情を説明してのけたのだ。本当は真生に和歌を作る才能はないのだけれど。

「驚きました。見事な歌です。いえ、それよりも、納得いたしました。ここ数日の変化は、そういうことでしたか」

　晴明が恋をしたというのがかなり意外だったらしい。みんな、真生の怪しさなど忘れたように目を輝かせている。

「恋煩《わずら》いで仕事も手につかぬと。晴明殿も恋を……」

「私も人の子だからな」

「いったいどなたを」

「無粋《ぶすい》なことを聞くな」

　ひとりが尋ね、それをべつのひとりが遮った。

「しかし気になるではないか」

　若い学生たちの関心は、すっかり晴明の色恋沙汰に移っている。

　疑惑は収められたようだ。

　真生は薄く笑ってその場から立ち去ると、どっと噴き出た冷や汗を拭い、大きく息を吸った。

「俺って意外と、窮地で力を発揮できるタイプなのか……？」

家へ帰ると、佐久がいつものように夕食を運んでくれた。佐久は盃に酒をつぐと、給仕のためにそばで待機している。

「佐久も、いっしょにどうですか」

自分ひとりが食べていて、それを見られているというのは慣れなくて落ち着かない。初日からそれは思っていたのだが、今日は思いきって誘ってみた。

「あ、でも式神はものを食べられないのかな」

佐久が静かに答える。

「必要としないだけで、食べられないわけではありませんが」

「じゃあ、お相伴《しょうばん》してもらえると嬉しいです。ふたりで食べたほうがおいしいし、楽しいから」

佐久が不可解そうに眉をひそめた。

「式神と食事をして、楽しいと……」

「はい」

「私と食べると、おいしい……?」

眉をしかめ、首をかしげている姿がなんだかかわいくて、真生は笑みをこぼす。

「そう。誰かといっしょに食事をすると、よりおいしく感じるものなんです。佐久も食べてみればわかりますよ」

「しかし私は人ではなく式神ですが」

「俺からしたらいっしょです。あ、すごいとは思ってますが」

神に対して人といっしょというのは失礼だったかなと思ったが、機嫌を損ねた感じはなかった。それより、ふしぎそうに見つめられた。

「変わったお方だ」

「どうしてですか」

「晴明様はそんなことをおっしゃいませんので」

常に晴明と比較されてしまう。しかたがないことだと苦笑した。

「俺はふつうです。きっと晴明のほうが変わってるんですよ」

「そうでしょうか」

「そうです。佐久も飲んでください」

佐久はわかりましたと言って立ちあがると部屋を出て、盃を持って戻ってきた。そばにすわったので、真生は彼の盃に酒をついでやった。

佐久はその水面を見つめている。なにを思っているのだろう。真生は緊張して見守った。

佐久がそっと口をつけ、盃を呷《あお》った。

白い喉がこくりと動く。それを見て、真生は思わず「おお」と感動してしまった。自分のついだ酒をこの式神が飲んでくれたことが、思っていた以上に嬉しかった。

「酒を飲むの、初めてですか」

「はい」

「どうです？」

「さほど、うまいものでもないですね」

真生は彼の淡々とした感想に笑い、空いた盃に酒を満たす。

「佐久がおいしいと思うものって、なんだろう」

「さて」

「試しにこれから、いろいろ食べさせたくなってしまいました」

「はあ」

佐久が不可解そうな顔をするのが楽しい。

「おいしいと思うものを共感できるのって、嬉しいし楽しいんですよ。佐久も試したら、きっとわかります。食べ物だけじゃなくて、歌や絵でもそうです」

「歌や絵でも」

「ええ。佐久はそういったものにふれたことはありますか」

「今日、あなたの歌を聴きました」

佐久は盃を手にしたまま、真生を見た。

「皆、感心しておりましたね」

「ああ。あれは、ね」

「私も感心いたしました」

私に歌の善《よ》し悪《あ》しはわかりませんが、と言い置いて、佐久が静かに続ける。

「人の疑心を収めるような歌をお作りになられる」

「いや、あれは俺の歌じゃないんです」

真生は肩をすくめて苦笑した。

「未来の有名な歌を覚えていたから、とっさに言っただけです。未来人であることが初めて役に立ちました」

大根を口へ運びながら、種明かしをする。

「せっかく褒めてもらったのに、なんだかすみません。がっかりさせちゃいましたね」

「……いえ。がっかりはいたしませんが。それはそれで——」

緩く息を吐きだしながら、彼が目を細めた。

「あなたもなかなか、おもしろい方だ」

「そうでしょうか」

今度は真生が不可解な顔をする番だった。おもしろいと言われるようなことはしていないつもりだ。なにが彼の心にとまったのか。式神の感性は人のそれとは異なるのだろうか。

「機転が利くし、正直です。賞賛を自分のものにしても問題ありませんのに」

「佐久相手に見栄を張ってもしかたがないでしょう。それよりも、共犯者として秘密を共有できたほうが、楽しいです」

「なるほど。私は共犯者ですか」

「そうです。晴明を騙《かた》る共犯です。無事に元に戻るまでの三ヶ月、佐久とは運命共同体のつもりでいますので、よろしく頼みます」

冗談っぽくそう言うと、彼がわずかに目を見開いた。それからその口元がふわりと微笑を刻む。

「承知いたしました」

梔《くちなし》の花が綻《ほころ》ぶような、慎み深くひそやかな微笑だった。

「…………」

「どうかなさいましたか」

ぽかんとする真生に、佐久が首をかしげる。

「いえ……」

真生ははっとして目をそらしたが、耳が赤くなっているのを感じた。頬も熱い。興奮して、心臓が駆け足になる。

佐久が笑顔を見せてくれたことが、胸が痛いほどに嬉しい。

——なんで自分は、こんなに喜んでるんだろう……。

打ち解けてくれたと思えるからだろうか。

でも、それだけだろうか。

様々な感情がめまぐるしい早さで浮かんでは沈む。不意打ちの佐久の笑顔は慎ましいものであったはずなのに鮮やかに目に焼きついていつまでも離れない。

この笑顔を自分は一生忘れられない気がした。

三

連なる山から吹きおろす北風のように日々は駆け足で過ぎていく。毎日が綱渡りのような危機の連続だが、真生は佐久の助けを借りてどうにか過ごしていた。

ある日、佐久が出かけると言ってきた。

「私は買い物をすませてきますので、家で待っていてください」

「買い物？」

「はい。今日は市《いち》が開く日ですので」

「わ。俺も行きたいです。だめ？」

真生がなぜ行きたがるのかよくわかっていなさそうな顔をしながらも、佐久は了承した。

「今日は東市なので、かまいませんが……」

「東市だといい？」

「そちらのほうが治安がよいので」

官営の市場は東市と西市が七条大路《しちじょうおおじ》にあり、半月ごとの定期で開かれる。今日開催されるのは治安のよい東の市なので、真生を連れていってもよいと佐久は判断したらしい。

「市では様々なものが手に入ります。食料はもちろん、木器や馬具、馬も買えますし」

「おもしろいものもありますか」

「おもしろいかわかりませんが、大道芸人も集まりますね。売り手も買い手も、多くの人がやってきます」

ふたりで並んで歩いて市へむかう。

天気がよく、暖かな日であった。

「こうして並んで外を歩くのって、初めてじゃないですか？」

真生が出仕するときは、佐久は姿を消しているが、今日はめずらしくそうではない。

「言われてみれば、そうですね」

佐久がいっしょに並んで歩いている。その事実が妙に嬉しくて、真生の足取りを軽くさせた。

人形のような男の顔を見あげると、陽射しに照らされ、室内で見るよりも血色がよさそうに見える。

十センチぐらい高い位置にある肩は、すぐとなりにある。紐で緩く縛った長く艶やかな黒髪が、その肩に乗っている。それから厚い胸板を目にしたら、真生の胸は不自然に高鳴りだして、慌てて視線をそらした。

――なにをどきどきしてるんだ、俺。

自分の感情にとまどったが、市に着いたらそちらに意識がいった。露店は賑《にぎ》やかで、通りには人が大勢行き交っている。

売っているものは米や味噌《みそ》などの食料、衣料などの日用品が主で、めずらしいものがあるわけでもなかったが、活気に溢《あふ》れる様子がお祭りに来たときのような高揚した気分にさせる。人々の服装からして大半は庶民のようだが、まれに身分の高そうな人の姿もある。佐久が言っていたとおり大道芸人も所々におり、滑稽《こっけい》な動きをしてみせたり、玉を使った手品をしてみせたりして、客の歓声を受けていた。

「私のそばを離れませんよう」

「はい」

きょろきょろしていたら、佐久に袖をつかまれた。なにをどこで買うかは佐久の頭にすでにあるようで、足取りはよどみない。目的の店へむかい、酒や野菜など、順調に買い物をすませていく。

「なにか必要なものはございますか」

「んー」

これといって思い浮かばない。しかしこの機会を逃したらとうぶん市は開かれないので、買い逃しは避けたい。

「佐久こそ、ないですか。ほしいものとか」

「私ですか」

「うん。佐久のものを買ってないので」

購入したものは、真生、ひいては晴明のために必要なものばかりだ。

「私は、とくには」

「俺としては、佐久の味覚にあう食べ物を知りたい気がします。食べてみたいものってないですか」

「考えたことがないので、すぐには思いつきませんが……」

「うーん。甘いものとか……果物とか……」

真生は乾物屋《かんぶつや》へ目をとめた。店頭のかごに干し柿が積んである。

こちらへ来てから雑穀と野菜ばかりの食生活だったので、甘いものを身体が欲していた。佐久の嗜《し》好《こう》を探るためと言いながら、食べたいのは自分だった。

「買いましょう」

目を離せずにいたら、察した佐久が店主に交渉し、干し柿を三つ購入した。

「いま召しあがりますか」

干し柿を差しだされる。

嬉しいが、子供みたいで恥ずかしい。頼んだわけでもないのに、人の心に疎いはずのこの式神が進んで買ってくれたということは、よほど食べたそうな顔をしていたのだろうか。

「……ありがとうございます」

　干し柿を受けとり、歩きながら頬張った。固いが、味は自分の知っているものと大差なく、甘かった。

「佐久は食べないんですか」

　佐久は残りを竹の皮に包み、買い物かごへしまっていた。

「これはあなたのために手に入れたので」

「佐久の感想を聞きたい気がします」

　佐久の瞳が見おろしてくる。考えるようなまのあと、仕舞った干し柿をとりだし、匂いを嗅《か》ぐ。そして口に入れ、咀嚼《そしゃく》する。

「どうですか」

「これは、悪くないですね」

　酒よりもよい感想が聞けた。

「ですよね。俺も酒よりもこっちのほうが断然好きです」

　味覚の嗜好が一致したのが嬉しくて、声が弾んだ。

「なるほど」

　佐久はひとりでなにやら納得すると、乾物屋へ引き返し、干し柿をさらに購入した。ついでに店主にすすめられ、となりのかごに入っているものも買っている。

「それはなんですか」

「干したなつめだそうです」

「干しなつめ？　食べたことないです」

「未来にはないのですか」

「たぶん、俺がものを知らないだけかと。生のものは食べたことがあります」

めずらしいものはなさそうだと思っていたが、よく見ると、見慣れないものは案外あった。

あれこれ見てまわり、それについて佐久と話すのが楽しい。ひとまわりし終えて、最後に、ふと思いついて紐を売っている露店へ立ち寄った。

「これを買いたいです」

目移りするほど様々な材質と色の中から、青色をした組紐を一本選び、買ってもらう。

「どうするのです」

「佐久の髪紐にと思って」

「……………」

「必要ないかもですけど、まあ、いま使っているものの予備にしてもらってもいいかと思いまして」

真生はそれを佐久に差しだした。が、あいにく彼の両手は荷物で塞がっている。

「ええと……俺が結んでみてもいいですか」

尋ねても返事はない。佐久は無言で真生を見返す。

「やっぱ、いらないですかね」

ははは、と笑って手を引っ込めようとしたら、静かな声が引きとめた。

「……お願いします」

「……じゃあ、ちょっと失礼します」

佐久の髪を括っている麻紐の上に、買ったばかりの青い組紐を巻いた。こちらのほうが佐久の容姿に似合うと思う。だが、無反応な佐久を見ると、よけいなまねをしたかなとも思った。

「行きましょうか」

真生が歩きはじめると、佐久もとなりを歩く。

「なぜ。私にこれを？」

「はあ……なんででしょうかね」

深い意味はないつもりだ。市場に来て浮かれていただけ。

佐久が干し柿を買ってくれたように、自分もなにか買ってあげたいと思っただけ。

「俺のお金じゃなくて晴明のお金ですけど。俺だけじゃなくて佐久も、晴明のわがままのせいで迷惑してるんだから、これぐらい余分にお金を使ってもいいよなと思って」

真生を見つめる佐久の瞳が揺れた気がした。それから彼は眉を寄せて、前をむく。

「あの、まずかったですか」

勝手に晴明の金を使ったことで、不興を買ってしまったかと不安になって尋ねた。すると佐久はすぐに首をふった。

「いいえ」

否定してくれたが、声が硬い。眉間のしわも時間が経つほどに深まっていて不機嫌そうだ。

──やっぱり、よけいなまねをしたんだ……。

せっかく連れてきてもらったのに、嫌な思いをさせてしまった。

高揚していた気持ちがいっきに沈み込む。

「ごめんなさい。あの、もしいらないなら返品しますから──」

そのとき、佐久がぴたりと足をとめた。その表情が険しくなる。

「佐久？」

佐久の視線をたどると、大道芸人の男がいた。男もこちらを見ていた。

「あちらへ」

促され、その男とは逆の方向へむかおうとするが、男が人混みをかき分けて追いかけてきた。男はそばを歩いていた女性を乱暴になぎ払う。女性が倒れても見向きもせず、猛然とこちらへむかってきた。

尋常ではない様子に真生はおののいて佐久へ手を伸ばす。

「な、なに。あの人――」

市の大通りから人けのない脇道へ入ったところで佐久がチッと舌打ちして足をとめ、荷物を地に置いて真生を背にかばった。

男も脇道へ来た。

大柄《おおがら》な身体を揺らして荒い息をつき、よだれを垂らし、獲物を狙う猪《いのしし》のような目つきで真生を見る。

「さがっていてください」

佐久が男に向き直り、対峙《たいじ》する。その刹那、男が白目をむいた。

さらに男の身体からむくむくと黒い蒸気があがる。

「――え?」

蒸気は忌《い》まわしい瘴気《しょうき》のごとく禍々《まがまが》しくうねりながら男の頭上で心臓の形をとり、それから馬のようになり、最後に人の形となって獣じみた咆哮《ほうこう》をあげた。

呼応するように佐久が足下の砂利《じゃり》を鳴らして身構え、手のひらから光を発した。

『その、器……よこせ……』

男がしゃがれた声で言った。人の声とは思えぬ不気味な声に、真生の背筋が震えた。

「ならぬ」

佐久の手から発した光が長く伸び、剣のようになった。その切っ先が男にむけられる。間合いを計るようにふたりが睨みあった次の瞬間、緊迫の空気を蹴散らして人型の蒸気が襲いかかってきた。佐久が跳躍する。

「破《は》っ」

ふたりの姿が重なり、光と影がすれ違う。轟音《ごうおん》とともに辺りに熱風が巻き起こり、砂と枯れ葉が舞いあがる。

佐久が着地したとき、蒸気の人型が袈裟《けさ》切りされたようにふたつに割れた。下半分が消え失せる。だが上の部分の黒い塊《かたまり》が咆哮をあげながら真生へむかってきた。

「っ！」

真生は逃げようとしたが足が動かず、尻餅をついた。人型が眼前に迫る。食われる、と息をとめたとき、光の剣が一閃《いっせん》し、塊がふたつに割れた。

霧が晴れるように黒い蒸気が霧散《むさん》していき、その後ろから光の剣を構える佐久の姿が真生の視界に映った。

「あ……あ……」

呆然と見あげる真生の前で、佐久ががくりと膝をついた。その拍子に佐久の手から光の剣が消えた。

「さ、佐久っ」

慌てて駆け寄る。

佐久は息をついて真生を見あげてきた。髪がほどけて、顔の半分が髪で隠れている。

「お怪我は」

「俺は、だいじょうぶ、ですけど……」

得体の知れない人型は跡形もない。あの蒸気を生みだした大道芸人の男は気絶して倒れていた。

「あれでしたら、もう心配はいりません」

「いまのは、なんなんです。いったい……」

「物の怪《け》です。そこに倒れている男は憑かれていただけで、目覚めたら忘れているでしょう」

「物の怪……、どうして、俺……」

これまでの人生で幽霊など見えたためしがなかった。

「晴明の目だから、見えるんですか……？　それともほかの人にも見えたんでしょうか」

小道のむこうの大通りを行き交う人々はこちらの騒動などまるで気づいていない様子で買い物にいそしんでいる。

「主人の身体だから見えたのでしょう。特別な霊力のある者にしか、いまのは見えません」

「なんで、いきなり襲ってきたんです」

「主人の身体がほしかったのでしょう。主人の魂魄が抜けたその身体は隙だらけですから、乗っ取りやすそうに見えたのかもしれません」

「あ……」

乗っ取られていたらどうなっていたのだろう。ぞっとして身震いした。

「申しわけございません。私の力不足で怖い思いをさせてしまいました」

佐久が頭をさげた。

「私がそばにいるのは魔除《よ》けのためでもあるのです。あの物の怪には甘く見られたものですが、こちらも油断しておりました。本来ならば、こんなことにならないように注意しなければならなかったのです」

「そんな……助けてもらって……あの、顔をあげてください」

「これが主人ならば、叱責を食らう失態でした」

「助けてくれたのに」

「それは当然のことです」

佐久が顔をあげた。するとそれまで髪に隠れていた頬に切り傷ができており、血が滴《したた》っていた。

「傷が」

「たいしたことではありません」

「でも」

真生は佐久の綺麗な頬に滴る血を見つめ、唇をかみしめた。

身体を張って守ってくれた。自分を守るためにできた傷。

言葉でお礼を言うだけでは足りないと思った。それなのに自分は一銭もなく、力もない。先ほどのように晴明の金でなにかを買い与えるのは、違う。

感謝の気持ちをどう表せばいいのかわからなくなって、真生はほとんど本能的に佐久の頬に唇を寄せた。傷口に舌を這わせ、滴る血を舐《な》めとる。

「あのっ？」

声をあげたのは佐久だ。めずらしく焦った声をだし、身を離そうとする。

「じっとしてください」

「しかし。式神の血など、舐めるものでは」

「誰の血だろうと、俺のために流れた血です」

真生は逃げようとする佐久の肩をつかみ、丁寧に傷を舐めた。式神の血も、人間のものとおなじ味がした。

獣になった気分だった。野生の動物が、仲間の怪我を治すために、愛情を示すために舐めあう仕草を思いだす。いまの自分はそれといっしょだ。精一杯の愛情を込めて傷を癒《い》やす。自分にできることは、これしかなかった。

真央が顔を寄せているあいだ、佐久は驚いたように息を呑み、微動だにせず、真生を見つめていた。

「もう、動いていいです」

綺麗に舐めとると、真生は身体を離した。

佐久が真剣な面持ちでじっと見つめてくる。硝子玉のような目の色が、これまでと変わったような気がした。

彼の視線に顔が熱くなりそうで、真生はうつむいた。さんざん舐めたあとで、傷を舐めるのは衛生的によくなかったかな、とか、佐久は嫌だったかな、などと後悔が湧いてくる。すみませんと言うべきか、まずはありがとうと言うべきかと考えていると、佐久が口を開いた。

「……。せいめ……、いえ」

真生に晴明と言いかけ、言い直そうとして黙る。そしておもむろに尋ねてきた。

「あなたのお名前を伺ってもよろしいですか」

訊かれて初めて、自分はまだ名を告げていなかったことに気づいた。これまでは名を教えなくとも不自由しなかったのだ。

「そうか。ええと、立石真生といいます。真生と呼んでください」

佐久が自分の名を尋ねてくれた。晴明の身代わりではなく、自分自身に興味を持ってくれたように思われて、胸の奥が熱くなった。

「真生様」

「様とか殿とか、いりません。俺があなたを佐久と呼び捨てるように、真生、と。だって俺たちは、共犯者ですから」

「真生」

「はい」

自分で呼び捨てろと言っておきながら、いざそう呼ばれると、胸がざわめいた。

「あなたは、主人とはまるで違うのですね……」

低く静かな声が、しみじみとした調子で降りてくる。男の感想に、胸がさらにざわめきだした。それは不快なざわめきではなく、なつめのような甘酸っぱさを含んでいて、うろたえたくなる。

「えと……ごめんなさい」

「なぜ謝るのです」

「晴明みたいな超人じゃないのはわかってます」

「そういう意味ではありません」

彼の綺麗な口元が、ほのかに笑みを浮かべる。

美しい微笑《びしょう》。その威力に耐えきれず、真生は地面へ目を移した。

すると斜め前方に佐久の髪紐が落ちているのが見え、手を伸ばして拾う。

「切れちゃってる……」

買ったばかりのものも、それ以前にしていたほうも、熱で焼けたようにちぎれていた。

「また買わないと」

「いえ」

佐久が真生の手から紐をつまんだ。新品の青い紐は三つに切れている。彼はそれの端を結んで一本にすると、髪を結わえた。

「これで使えます」

「でも、結び目だらけです。新しいのを買ったほうが」

「いいえ。これを使います」

佐久は妙にはっきりと言いきると、立ちあがった。

「戻りましょう。歩けますか」

佐久に手をとられ、立ちあがる。膝についた砂やほこりを払っていると、柔らかい声が頭上から降りてきた。

「ありがとうございます」

「え、な、なにが」

「傷の手当てを。それと、髪紐を」

佐久の声はいつものように平坦なのにとても優しく聞こえる。己のタイミングの悪さや無力さを気遣われている気がして、うなだれた。

「髪紐は、必要になったら買えばよかったのに、無駄なことをしてごめんなさい。返品もきかなくなってしまって」

力なく謝ると、佐久が首をかしげた。

「なにか誤解されていませんか。私はこの髪紐をとても喜んでおります」

「でも、さっきは怒ってた感じで……」

「まさか」

佐久の眉が先ほどとおなじようにしわを刻む。

「やはり誤解させたようですね。先ほどはとても嬉しくて、言葉が出てこなかったのです」

「え……髪紐、気に入ってくれてたんですか」

「はい」

「だったら、おなじ色のものをもういちど買いましょう」

「いえ。それではだめです。これでないと。あなたに初めて買っていただいた品ですから、これを大切にしたいのです」

佐久の指が青い髪紐に大事そうにふれる。

「あなたに気にかけていただいたことが、嬉しかった。どんな顔をしたらいいかわからないほど」

眉をしかめていたのは、不機嫌なわけではなく、照れていただけのようだった。

言われてみれば、以前見た不機嫌顔とは微妙に違っていたかもしれない。

「ありがとうございます」

改めて礼を言う佐久の口元に甘い笑みが浮かぶ。真生はどぎまぎして両手をふった。

「こちらこそ、なんて言ったらいいか。また助けてもらってしまって」

「私は主人の身体を守るためにしているだけですから、そうお気になさらず」

穏《おだ》やかな陽射しの中、さわさわと風がそよぐ。

真生の胸の中にも、さわさわと、これまで吹いたことのない匂やかな風が吹きはじめていた。


物の怪襲撃事件から数日が過ぎた。

式神の治癒《ちゆ》力は人よりも優れているようで、佐久の頬にできた傷は翌日には癒え、いまでは傷跡もなくなっている。

その夜も、真生が寝床に入ると佐久も入ってきた。

「……あの」

「なにか」

綺麗な顔に至近距離から見つめられると、なにも言えなくなる。口ごもっているうちに当然のように抱き寄せられて、広い胸に包まれた。

「真生？」

髪を撫でられて、かあっと身体が火照《ほて》った。

「お、おやすみなさい」

耳元へ、優しい笑みを含んだ吐息が吹きかかる。

「……おやすみなさい」

低い声にささやかれ、心臓が破裂しそうに活動を激しくした。

――困った……。

どきどきしてしまって、とても眠れそうになかった。

市場に行った頃からこうなのだ。

いや、初めから添い寝に慣れていなかったではないかと言えばそうなのだが、あれを境に飛躍的に佐久を意識するようになり、自分はおかしい。とくに寝るときは彼のたくましい胸や腕と密着し、身体が勝手に熱くなり、昂《たかぶ》ってしまう。

心臓が早鐘のように鳴り、佐久に気取《けど》られてしまいそうだ。深呼吸をして落ち着かせようかと思ってみるが、そんなことをしたらやっぱり佐久に変に思われてしまう。だからふつうに呼吸をしようとするのだが、いちど意識したら呼吸のしかたもよくわからなくなってきて、酸欠で苦しくなった。すると血流も速まり、ますます胸の鼓動が激しくなってしまう。

気にするまいと思えば思うほど平常心からほど遠くなり、喘《あえ》ぐように吐息をついた。

いったいどうしてしまったのだろう。

ともかくこれではとても眠れない。寒いほうがまだ耐えられるかもしれない。

「佐久」

佐久は真生の身体を暖めるために厚意で添い寝してくれている。それなのに拒むのは悪い気がして、遠慮しつつ、そっと男の胸を押した。

「あの……やっぱり、添い寝はもういいです」

「え……」

佐久がめずらしく、驚いたように声を漏らした。

「なぜですか」

「いや、その、酒を飲んだら身体が暖まったし」

彼の胸を押したが、身体は離されない。逆に背中へまわされた腕に力がこもったようだ。

「真生……」

真摯で平坦なのに、妙に甘く聞こえる声で名をささやかれ、心臓がドクンと跳ねた。

最近、佐久はよく真生の名を呼ぶのだが、晴明の名を呼ぶときよりも甘さを感じるのは気のせいだろうか。

「真生は私と寝るのが嫌なのですか」

「嫌というわけではなくて、お酒を飲んで暖まっているので、こうしなくてもだいじょうぶですから。佐久もひとりで寝たほうが楽でしょう」

「私はこれで問題ありません。このほうがよいのですが」

「え、あ……えーと。でも、あの」

このほうがいいと言われて、頭が沸騰《ふっとう》しそうになった。しかしそれは自分を抱きたいと言っているわけではなく、抱き枕的な意味なのだろうと自分に言い聞かせて冷静さを取り戻そうとしてみる。

「でも……」

佐久は問題なくても、自分は問題があるのだ。とはいえ、抱かれているとどきどきするからだめだなんて、まさか言えない。

口ごもっていると、真生の困窮《こんきゅう》ぶりが伝わったようで、佐久が手を離し、静かに寝床から出た。彼のぬくもりの名残《なごり》が寂しいが、ほっとする。

寝床から出た佐久は、闇に姿を消すかと思ったが、真生の枕元へ正座した。

「佐久？」

「せめて、ここにいさせてください」

寂しげな声で哀願された。常に表情を覗かせない瞳が、いまは捨てられた子犬のような哀愁《あいしゅう》を湛《たた》えている。

「え……と」

この変わりようはなんだ。これまでの無表情ぶりはどこへいったのだと真生は目を瞠った。

「あのですね……そこで見られていると、眠れないのですが……」

「そばにいることも、許していただけないのですか……」

ひどくがっかりしたように暗い顔になる。心臓を鷲《わし》づかみにされたように胸がきゅんとした。

「どうしてまた……」

「主人の身体が心配ですので」

よどみのない返事に、唐突に目が覚めた気がした。

――そうだった。

この男は晴明至上主義であり、自分と添い寝をしたくて訴えているのではない。

佐久の行動原理はすべて晴明に起因している。ひと言目にもふた言めにも、晴明の身体のため。

「でも……晴明とは添い寝してなかったんですよね」

「はい」

「なら、どうして。俺には、この身体を任せられないということですか」

佐久は目をそらし、困ったように眉を寄せた。

「いつなんどき、先日のように物の怪に狙《ねら》われるともかぎりませんので」

「だから添い寝？」

佐久は困ったように黙ってしまった。物の怪のためというのが言いわけなのは、真生にもわかった。添い寝は真生が寒がったためにはじめたことなのだから。物の怪対策ならばほかに方法がいくらでもありそうだ。

「晴明が恋しくなったんですか？」

そういうことなのだろうか。

親と離れればなれの子供が不安がるように、晴明と離れている時間が長くなってきて、不安になっているのだろうかと思った。

「……自分でも、よくわかりません。こんな感情になったことは、いままでになく……」

佐久自身、説明がつかないようだった。

「離れていたくないのです」

佐久の目が、ふたたび真生を見る。

「眠りを妨《さまた》げることはいたしません。そばに置いてください」

——まいった。

「……そこにいるぐらいなら、ここへ戻ってください」

どちらにしろ眠れないのならば、佐久がしたいようにさせようとなかば諦め、真生は掛布の端をまくった。

佐久が嬉しそうに目を細め、いそいそと潜り込んできた。


そんなことがあった翌日から、夕食時に酒が供されなくなった。代わりに干し柿が添えられている。

「真生は酒よりも干し柿のほうが好まれるとのことでしたので」

「はあ……」

佐久の説明に、真生は言いたいことを呑み込んで頷いた。

佐久はそれほど添い寝が気にいったのだろうか。晴明のそばにいたいのだろうか。

「真生の好物は、ほかになにがありますか」

「なんでも……甘いものが好きですけど、この時代にはなにがあるんだろ。果物は好きですね。干しなつめもおいしかったです」

「わかりました。ではまた干しなつめを用意いたしましょう」

「でもあれ、高価そうでしたよね」

「たいしたことはございません。代わりに酒を控えれば問題ないかと」

すこし前までの佐久は晴明のことを気にしてばかりで、会話ももっぱら彼の話題が中心だったのに、このところは真生のことばかりを尋ねてくるようになっている。かすかな笑顔を見せる頻度も増えている。

自分の存在に佐久も慣れてきたのだろうと真生は解釈した。

この変身ぶりにとまどうが、自分に関心を持ってもらえるのは嬉しかった。彼の笑顔を見られるのも嬉しく、ふわりと胸が温かくなる心地がした。

食事を終えて寝る支度をすますと、いつものようにいっしょに寝床に入る。

服を着ているしそれ以上のふれあいはないとわかっているのに落ち着かない。まるでそれ以上のことを望んでいるかのように胸の鼓動が速まってしまう。

真生が寝付くまで、佐久は極力気配を消してくれているのだが、それでも彼の存在を意識せずにはおれない。佐久の香りも覚えた。貴族のように衣服へ香を焚きしめているわけでもないのにほのかに甘い香りがして、その香りを嗅いでいると、安心するのにひどくどきどきしてしまうのである。

悶々《もんもん》とする心と身体を落ち着かせ、どうにか眠りにつきかけたとき、前髪の生え際辺りに、なにかがふれる感触を覚えた。

浅い眠りの縁から、なんだろうとぼんやりと思う。感触が離れていったとき、その柔らかな感触と温もりから、佐久の唇だったのだと気づいた。

——いまのって。

ひたいに、キス、された……？

そういうことだと認識したら、いっきに心臓が駆けだし、眠気が吹き飛んだ。

まぶたを開き、目の前にある佐久の顔へ焦点をあわす。

「起こしてしまいましたか」

そう言って佐久がほのかに微笑する。その柔らかな笑みはとても優しく甘い。

「……っ……」

いまのはどういうことかと尋ねようとした真生の唇は、言葉を紡《つむ》ぐことができなかった。

「お嫌、でしたか」

真生の驚いた表情に、佐久が不安そうな顔をする。

「……なにか……したんですか」

相手が眠っているときにこっそりなにかしたのがばれた場合、慌てそうなものだが、佐久はそんな感じでもない。

自分はキスだと思ってしまったが、もしかしたら勘違いかもしれない。まじないの一種だったのかもしれない。

「あ、えと、顔がぶつかった……？」

あるいは身じろぎした拍子にぶつかっただけかもという気もしてきた。

しかし佐久は偶然を否定した。

「いいえ。ひたいに、くちづけました」

「なんで……」

「あなたの寝顔があまりにもかわいらしかったものですから」

はにかむように微笑まれた。その瞬間、身体が発火するほど熱があがった気がした。

頬が熱い。心臓はますます疾走し、息苦しい。

――なんだ、これ……。

胸の奥に、とある感情が芽生えた。いや、それはずっと前から芽吹いていたのだが、よくわからず放置していたのだ。

いまようやくその感情の正体に気づき、真生はおののいた。

そんなばかな、と思う。

否定して、その感情を打ち消そうとするが、そうすると逆に存在感が増し、いっそ鮮やかなほどに
その想いで心が占領された。

混乱のあまり、その腕から逃れようとしてもがいたら、

「真生、逃げないで」

佐久の腕に捕らえられ、組み敷かれた。

「不快にさせたなら、謝ります。もう、しませんから」

上から見おろす男の顔が、必死さをにじませていた。

「いや、その……不快、というか。……驚いて……」

あなたの寝顔がかわいいと言われたが、寝顔は晴明の顔である。

自分ではない。

自分ではない、はず。

そう自分に言い聞かせて冷静になろうと試みたが、うまくいかなかった。

——どうなんだろう……。

海の底から水面を見あげるように男の顔を見つめる。

「佐久は……人のする、くちづけの意味を知っているんですか」

「愛しく思うものにするのではないのでしょうか」

「……佐久はいま、そう思って、したんですか」

佐久が表情を消して、すこし考えてから頷く。

「ええ。あまり考えず、衝動でしてしまいましたが、そうしたいと思って、しました」

「晴明に？」

「あなたの寝顔にです」

よくわからない返事だった。

「ご不快でしたら、二度としません」

「いや、まあ、その……寝ましょう」

嫌じゃないけれども、そう口にするのは恥ずかしく、真生も明確に答えず言葉を濁《にご》した。

佐久がどんな表情も見逃すまいとじっと見つめてきた。真生が目をそらすと、身体の上から重みが消えた。

組み敷かれた体勢から、元の抱きあう格好に戻る。

佐久は晴明にくちづけたいと思ったのか、それとも自分にしたいと思ったのか。はっきりさせたかったが、尋ねる勇気がなかった。

——そんなの、晴明に決まってるよな……。

くちづけされたと思って天より高く舞いあがったと思ったら、されたのは自分ではないのかもと気づいて不安になる。そしてきっと自分ではないのだと決めつけて、海の底まで落ち込んだ。急降下で胸が苦しく、心の中で自身に悪態をついて、胸元をぎゅっと握った。

相手は人ではない、式神だ。感情の乏しい、人形のような男のはずだ。そんな相手に、自分はどうしてこんな感情を抱く――。

胸の中で固く閉ざしていた青いつぼみが、痛みを伴いながら匂やかに花びらを広げていく。

甘酸っぱいような花の匂いにうろたえながらもなすすべもなく、真生は男の胸に身を預けていた。

四

恋はあまり知らずにきた。

初恋はテレビドラマで観《み》た女優だったかもしれない。

クラスのかわいい子よりも、手に届かない相手や、年上の人に魅力を感じた。それは亡き母親への思慕の情に近いようで、恋とはすこし違ったかもしれない。

亡くなった両親や世話になった親戚のためにも立派になろうと志し、勉強ばかりしていたから、まわりの友だちのように恋愛を楽しむ余裕もなく生きてきたように思う。

そんな自分が、あろうことか式神に恋してしまった。それも、本来住む世界の違う場所で。手の届かない相手ということでは、佐久は真生のこれまでの好みの範疇《はんちゅう》に入るのかもしれない。それにしても規格外すぎた。

自分の気持ちにとまどいながらも、急速に想いは募っていく。

幸いにと言うべきか、身代わり生活中の真生には思い悩むべき問題が山積みだった。

皇子の占いの注文や、保憲をはじめとした陰陽寮内の人間関係など、毎日冷や冷やすることがある。そちらに意識をむけることで佐久への想いを自制し、日々を過ごしていくことは可能だった。

だが、いつまで経《た》っても佐久との距離をうまく測れず、やがて年が明けた。

「真生。雪です」

普段よりもいっそう寒く静かな朝、戸を開けた佐久が言った。

「どおりで寒いわけだ……」

真生はもそもそと寝床から出ると、佐久のとなりに並んだ。深夜に降りはじめたらしい雪はすでにやんでいる。庭は一面真っ白な雪が降り積もっており、朝日を浴びて燦然《さんぜん》と輝いていた。手前にある椿にはいくつもの赤い花が咲いており、その上にも白い雪がかぶっていて美しい。

「綺麗ですね……」

なんの汚れも知らないまっさらな白の上に、己の足跡をつけたい衝動に駆られ、真生はヤッとかけ声をあげて床を蹴り、庭へ飛び降りた。

「真生っ？」

真生はふり返り、佐久の仰天《ぎょうてん》した顔にむけて陽気に笑った。

寒いのは苦手なくせに、雪を見たら無性にはしゃぎたくなったのだ。

「佐久。雪合戦って知ってますか」

「雪玉を作って投げあう、あれですか」

「やったことは？」

「いえ」

真生はすぐさま雪を手にとって丸め、簀の子に立つ佐久へ投げつけた。

雪玉は佐久の胸元へ命中し、彼の薄青色の水干を白く汚した。

佐久はいきなり雪をぶつけられて面食らった顔をしたが、すぐさまむっとしたように真生を睨みつけ、戦闘モードに入った。

「名乗りもあげずに攻撃とは、卑怯です」

ひらりと跳躍し、雪の地面に舞い降りると、佐久も雪を手にとり、真生に投げつける。投げられた雪玉はかなりの剛速球で、逃げようとした真生の尻に当たった。

「うわっ、佐久が本気だした！」

真生ははしゃいだ笑い声をたて、走りながら雪を掬《すく》おうとして身をかがめ、足を雪にとられて前のめりに転んだ。

全身が雪に埋もれる。

「ちょ、真生っ」

佐久が慌てて駆け寄ってくる。

「だいじょうぶですか」

すぐ背後まで声が近づいたところで真生は身体を捻って上をむき、手で掬った雪を払いあげた。そ

れは水しぶきのように広がって佐久の顔にかかった。

「……っ」

「やった」

雪をかぶった佐久の顔を見て、真生は腹を抱えてはしゃいだ笑い声をたてる。

「真生」

怒った佐久に腕をつかまれた。逃れようとして腕を引いたら、佐久の身体も追ってきて、横たわる真生の上にのしかかった。

「………」

真上から淡い色の瞳に見おろされ、真生は口をつぐんだ。

「……真生」

低く真摯な声。つい先刻、怒ったように名を呼んだときとはまるで質の異なる声音《こわね》で、真生の心臓に深く染み入った。

ふたりのあいだに奇妙な沈黙が落ちる。

無言で、見つめあう。

「……冷たい」

首筋にふれる雪の冷たさに、我に返ったように真生はちいさく呟き、身を震わせた。

裸足のつま先はすでに感覚が麻痺《まひ》している。

佐久がはっとしたように身を離した。

「あたりまえです。そんな薄着で、なにを考えてらっしゃる。風邪を召されます」

すぐさまふたりで家の中へ戻った。

「ごめん。子供みたいに雪に興奮して。やっぱり、寒い」

雪まみれになった衣を脱いでいるうちに佐久が着替えを持ってきてくれて、それに腕を通す。続いて上着を肩に着せかけてもらった。

「ありが……」

言葉がそこでとまった。

なぜなら、佐久に背後から抱きしめられたからだ。

彼は着せかけた上着の前身ごろを持ち、胸の前で腕を交差させている。着物と彼の身体で、二重に包まれている。

「あ……の……」

頰が熱くなり、身体が昂揚《こうよう》しはじめる。寒さなど比叡山《ひえいざん》のむこうまで吹き飛んだ。

「佐久」

どういうつもりか、なんてことは聞くまでもなく、佐久としてはただの防寒目的の行動だろうとわかっているのだが、平静ではいられない。

「なにか」

「……ちゃんと着るので、身体、離してください」

頼むと佐久は身体を離し、着付けてくれた。

綺麗な顔が目の前にある。それを直視できず、真生は赤い顔を横へむけた。

最近の佐久はとても懐《なつ》いてくれているとは思う。雪合戦にもつきあってくれるだなんて、初めの頃には考えられないことだった。だがそれは自分の存在に慣れただけであって、特別な感情を抱かれているわけではない。彼が大切なのは、主人である晴明の身体だ。晴明が無事に戻るまでは真生が必要だから親切にしてくれるが、真生が大事なわけではない。

だから勘違いしてはいけない。

戒《いまし》めるように自分に言い聞かせると、胸の奥がツキンと痛んだ。

以前、キスをされたひたいが膿《う》んだ傷のように熱を持った気がした。

——ばかだな。

あのときに、自覚した。自分は佐久が好きだと。

だからといって、どうしようもない。

自分はもうすぐここから去るのだ。

想いを告げたいような気もするが、迷惑に思われるだけだろう。いや、なにも感じてもらえないか。

「……佐久」

「はい」

「最近の俺は、ずいぶん晴明らしくなってきたと思いませんか」

「いいえ」

すこしは自信があったのに、きっぱりと否定されてしまった。

「主人は、私を雪合戦に誘ったりしません」

「そうか。まあ、そうでしょうね」

がくりと頭を垂れると、佐久がわずかに笑った気配がした。

「あなたを主人らしいと思ったことはいちどもありません。しかし、人前で主人のふりをするのは上達したように思います。見ていて肝《きも》が冷えることが減りました」

「佐久の手を煩わせることも、減っていると思うんですけど」

「ええ。そうですね」

それを認めてもらえただけで、よしとしよう。

相手は式神。それ以上を求めてもしかたがない。

式神でなかったとしても、どうしようもない。自分はこの時代の人間ではないのだから。

真生は部屋から簀の子へ出て、庭の椿へ目をむけた。

庭は雪遊びで泥が混ざってしまったが、椿のあるあたりの地面は綺麗なままだ。

「雪を汚す前に雪だるまを作ればよかったかな」

ひとり言のつもりだったが、横に立った佐久が答えた。

「着替えはもうございませんよ」

「今日はもうしません」

真生は口元でふっと笑い、それから糸のような吐息をこぼした。

「雪は、たまにしか降らず、やがて消えるからいいんでしょうね……」

そう呟き、変わらぬ口調でさらりと呼びかけた。

「佐久」

「はい」

「晴明が戻ってくる日は、いつ？」

「来月の……」

佐久の言葉が途切れる。すこしまがあく。

どうしたのかと思って見あげると、彼は真生を見つめていた。どことなく、うろたえたような顔をして。

「佐久？」

「いえ」

かすれた声が言う。

「……十日後です」

「そう……」

佐久との別れも、まもなく。

自分も雪のように佐久の前から姿を消す。

痛む胸をこらえるように目を閉じかけたとき、椿の花がひとつ、雪の重さに耐えかねてぽとりと地に落ちた。白い雪の中に落ちた赤は、美しいのに痛ましく哀《あわ》れだった。


晴明と入れ替わる日は、あと三日に迫っていた。

早く現代へ帰りたいと思っていたのに、いまでは帰りたくないと思っている。これほど自分の心が変化するとは、来たばかりの頃は夢にも思わなかった。

内心の葛藤《かっとう》は表にださず、いつものように出仕の支度を佐久に手伝ってもらいながら話しかける。

「あと三日ですね」

「はい」

「佐久のお陰で、どうにか無事にやり過ごせました」

「…………」

「佐久には、とても感謝してます。ありがとうございました」

感情が昂りそうになるのをこらえて感謝の気持ちを伝えたのに、佐久の返事はなかった。眉間にしわを寄せ、ふいと横をむかれてしまった。

「まいりましょうか」

佐久が姿を消す。

「……はい」

不機嫌にさせるようなことを言っただろうか。それとも気にしすぎか。相手への想いを自覚すると、ほんの些細な言動にも過敏になってしまう。

真生はほうと息を吐きだし、ひとりで大内裏へむかった。

その日は滞りなく仕事がはかどり、早めに仕事を終えた。

帰ろうとしたところで、保憲に呼びとめられる。

「話があるんだが」

「なんだ」

「ここでは言えない話だ。うちに来てほしいんだが」

「……そしてまた襲うつもりか」

「あれは酔ってたんだ。今夜は飲まない。まじめな話があるんだ」

襲われた一件以来、保憲とは距離を置いていた。彼も反省していたのか、それ以降妙な行動に出ることはなかった。

「頼む」

思いつめたような表情に心を動かされる。これほど真剣に相談事があると言われては、無下《むげ》にはできない。

ここにいるのもあと三日。

この男と話をするのもこれで最後になるかもしれないと思ったら感傷的な気分が勝り、真生は頷いていた。

普段の真生ならばありえない行動だった。

頭の中で佐久に「真生」と咎められたが、「だいじょうぶ」とちいさく呟いて、保憲と寮を出た。

保憲は今夜は飲まないと言っていて、本当に相談事がある様子だし、問題を起こせば式神が現れるとわかっているはずだ。

だが万が一のことを考え、賀茂家ではなく晴明の家にしたほうがいいか、賀茂家には結界が張ってあるということだったし、などと思ったときには屋敷に着いていた。

「やはりうちにしないか」

「いまからおまえの家までむかえと？　もう着いてるんだぞ。帰りは車で送らせてやるから、うちでいいだろう」

いちおう言ってみたものの、まあそうだよなと思い、真生は保憲のあとに続いて屋敷に入った。

以前酒盛りをした保憲の部屋へ通され、火鉢のそばへ腰をおろそうとしたとき、いきなり腕を引かれ、抱きしめられた。

「晴明」

「おい！」

「忍ぶ恋をしている相手がいると、噂を聞いた」

「へ」

一瞬、佐久のことが頭をよぎった。なぜそれが噂に、と混乱しかかったが、以前みんなの前で詠んだ歌のことを思いだした。「忍ぶれど」と、秘めた恋心を歌った、あれだ。

「保憲、まさかおまえ、俺が詠んだ歌のことを言っているのか」

「ああ。その相手は、誰だ」

「いや、それはだな。あの場を適当に収めようとしただけで」

まさかいま頃になってそんな話をだされるとは思ってもみなかった。

「適当に収めようとして、とっさにそんな歌が詠めるものか。普段から思い悩んでいなければ、出てこない」

小学生の頃、百人一首を丸暗記させられたお陰でとっさに出てきたのだが、そんな理由は話せない。

「なぜ言えない。やはり相手は……俺なのだろう」

「はい？」

「俺が妻帯してしまったから、言うに言えなくなったのだろう。許せ」

保憲が真生をひしと抱きしめる。なんて勘違い男だ。

「ち、違う！　まじめな話があるんだろう、腕を離せっ」

「話というのはこのことだ」

保憲の顔が近づく。

「佐久！」

叫んだ刹那、突風が吹き、真生の身体が飛ばされた。そのまま風に巻き込まれるようにして開いた戸口から庭へ出る。

突風の正体は佐久だ。真生はその腕に抱かれて闇の都を南下し、晴明宅へ連れ戻された。

前回とまったくおなじである。

「なにがだいじょうぶなのです!?」

居室へ入り、真生を床に降ろすなり、佐久が怒鳴る。いつも澄ました顔をし、平坦な物言いをする男が、本気の怒りを投げつけてくる。

「あなたがだいじょうぶだと言うからお任せしたのに、どうして隙ばかり見せるのです！　もしやあの方を誘っているのですかっ」

「違う！　誤解ですっ」

「ならばなぜ、おなじことをくり返すのですかっ」

「それは本当に、ごめんなさい。油断してました」

「油断にもほどがあります。私が助けなければ、どうなっていたとお思いです」

「俺がばかでした」

深々と頭をさげると、佐久が疲れたように息を吐いた。

「あなたという方は、本当に……なんと目が離せない……」

「すみません……」

「あの屋敷の結界は、前よりもずっと強固になっておりました。私の侵入を防ぐためでしょう。手こずりました」

その言葉に真生ははっと顔をあげた。声に疲労がにじんでいる気がしたのは、気のせいではない。

「すごく、力を使ったんですか？　怪我とかしてませんか」

「難儀いたしましたが、怪我はありません」

「ごめん、俺のせいで……」

本当にばかだと思った。自分のせいで佐久に無駄な力を使わせ、晴明の身体も危険な目にあわせてしまった。

「あなたも怪我はありませんね。彼に妙なことはされておりませんでしたね」

「はい」

「物の怪などよりも、人のほうが予測のつかないことをするから恐ろしいのです」

己の愚《おろ》かさにうなだれる。

自分がどれほどばかな過ちを犯しても、佐久が見限ることはない。晴明の身体があるから。彼に助けられたり優しさにふれたりするたびに、胸がときめき、それと同時に彼の優しさは、自分のためのものじゃないと思い知らされ、胸が痛んだ。

「お顔を、お見せください」

頬に手を添えられ、そっと仰向かせられる。

「……まにあって、よかった……」

心底安堵《あんど》した表情に見おろされる。その瞳に映っている顔は、自分ではない。中性的な美貌の、安倍晴明の顔。

「真生？」

真生は耐えられずに顔をそむけた。

もしかしたら自分は泣きそうな顔でもしているのかもしれない。佐久の声が気遣わしげになった。

「まさか、本当に彼のことが……？　私は邪魔をしましたか？」

「どうしてそうなるんです」

びっくりしすぎて無愛想な声になった。

すると佐久がためらうように言う。

「……忍ぶ恋の歌を……。保憲殿が言っていたように、とっさに出てくるものでもないかと」

真生は泣きたいような笑いたいような気分になって、床を見つめた。

「忍ぶ恋は、してますよ」

真生は顔をあげ、佐久の瞳を見つめた。

「あなたに」

投げやりな苦笑をして、背をむけようとしたら、腕をつかまれた。

「え……」

佐久の瞳が大きく見開かれる。

「……いま、なんと……」

驚きに満ちた声が耳に響き、真生は激しい後悔に襲われた。

「……すみません。いまのは冗談です。忘れてください」

「私に、恋を……？　……あなたが……？」

「いや、も、ほんと、忘れて」

しっかり聞こえていたくせに訊かないでほしい。

いたたまれなくてつかまれた腕を引いたら、逆に強く引き寄せられた。

「わ」

その反動でたたらを踏み、転びかけた身体を佐久に抱きしめられる。

両肩をつかまれ、顔を覗き込まれた。

「お願いいたします。真生。ごまかさずに教えてください」

息を呑むほど真剣な瞳が目の前にある。

「あの歌の相手は、私なのですか？」

佐久の瞳は冷たい硝子のようだと思っていた。その瞳の奥に、いまはふしぎな熱が揺らめいている。

それに魅入られ、真生は無意識に頷いていた。

本当は、歌を詠んだ時点では佐久への気持ちを自覚していなかったのだが、いまは、歌のとおりなのだ。

「本当に……」

真生が頷いた直後、彼の瞳で揺らめいていた熱が、燃料を投下された炎のように燃えあがった。

「真生。教えてください」

「な、に」

「あなたの気持ちを知り、いま、心が熱いのです。躍りだしたいほどに、嬉しいのです。この気持ちはどういうことでしょうか。いますぐあなたを抱きしめたく思う、この気持ちは」

絶句して見つめ返すと、佐久がもどかしげに言葉を続ける。

「こんな気持ちになるのは初めての経験で、とまどっております。私の気持ちも、あなたとおなじだと思うのですが。まちがっているでしょうか」

真生は信じられない思いで佐久を凝視《ぎょうし》した。

「それは……晴明の顔で、好意を告げられたから……晴明に言われたみたいで、嬉しいってことじゃ」

「違います」

きっぱりと断言された。

「主人に対して、こんな気持ちになったりはしません。添い寝をしたいとか、もっとふれたいとか、いますぐ……くちづけたいとか……人に対してそんなことを思うようになったのは、あなたが初めてです」

「…………」

「この気持ちを恋と呼ぶなら、私はあなたに恋をしております。ずいぶん前から」

「寝顔がかわいいって言って、くちづけた、あれは……でも、寝顔は晴明だし……」

「中身が主人ならば、くちづけたいなどとは思いません。あなただからこそ、したいと思った。それではいけませんか」

「……本当、に……」

「はい」

へなり、と身体の力が抜け、床に膝をつく。

「真生」

佐久が慌てて身体を支えてくれる。真生は手を伸ばしてその胸にふれた。

人ではなくても興奮すると体温もあがるのか、佐久の身体はいつもよりも熱く感じられた。見つめてくる瞳も、甘い熱を発している。

身体をそっと抱き寄せられる。真生はその胸に頬を寄せ、抱きしめ返した。

信じられない気持ちでいっぱいだが、抱きしめてくれる腕は紛《まぎ》れもない現実だった。

ふつふつと幸福感が湧き、身体中に満ちていく。

好きな相手におなじ気持ちだと告げられることがこれほど嬉しいことだとは知らなかった。

胸が熱くなる。先ほどは投げやりに言ってしまったから、もういちど、きちんと想いを告げようと息を吸い込んだ。

しかし次の瞬間、真生は迫りくる運命を思いだし、谷底に突き落とされたような絶望に陥《おちい》った。

「佐久……俺、あなたが好きです」

告げる声が震えた。

「でも……明後日には……」

想いが通じあっても、喜べない。明後日には別れが迫っているのだった。

「……はい」

答える佐久の声も、重く沈痛な響きをしていた。

背にまわる彼の腕が、強く抱きしめてくる。

手にしたものを失うのが怖くて、真生も必死に縋《すが》りついた。

晴明の術が解除される日がやってきた。

真生は朝から寝床から出ようとせず、佐久に縋りついていた。

出仕の時刻はとうに過ぎているが、佐久も支度を促すこともせず、黙って真生を腕に抱いている。

「佐久……残り時間は、どれぐらいですか」

「半刻《はんとき》を過ぎました」

もどかしく苦しい焦燥《しょうそう》に、真生は唇を噛みしめる。

「どうにか、ならないでしょうか」

「……こればかりは」

最後の思い出にくちづけなりともかわしたかったが、この身体は晴明のものだと思うと意味のある行為と思えなかったし、したくなかった。

たとえ離ればなれになり今後一生会うことが叶わなくても、自分の身体に彼を刻みつけることができれば、それを思い出に生きていくことができるのに、それすらかなわない。

せめてその顔を忘れることがないように、綺麗な顔をひたすら見つめ続けた。

彼の瞳は苦しげに揺れ、眉間に苦悩のしわが刻まれている。

口にはださなくても、真生を手放したくないのだとその表情が語っていた。

これほど別れが苦しくなるのならば、おなじ気持ちだと知らないほうがよかったのだろうか。

真生はそっと指を伸ばし、男の頬にふれた。なめらかな肌の質感は人とおなじ。鼻筋をなぞり、唇をなぞる。佐久はそれを黙って受け入れ、真生の好きなようにさわらせていたが、やがて、身を起こした。

「真生。そろそろ時間です」

「……っ」

真生はびくりと震え、身を硬くした。

この身体を傷つければ、もしかしたら戻らずにすむのかもしれないと、ちらりと不穏《ふおん》な考えがよぎった。

しかし、そうしたら一生晴明として身代わりの生活をしていくことになる。佐久と離ればなれになるのは嫌だが、そこまでの決意はできていなかった。それに晴明のような術力がない真生では、佐久をとどめておくこともできないかもしれない。

なにより佐久がそれを望んでいるとも思えなかった。

「……もう、会えなくなるのは……嫌です」

目をつむり、寝床にしがみついてみるが、それで抵抗できるはずもなかった。どうしようもなく、駄々をこねるように想いを吐露《とろ》すると、佐久が息を詰めたのがわかった。

しかし彼はなにも言わず、真生を抱きあげた。

「あ」

抱えられて寝所から出て、祭壇の前に降ろされた。いつのまにか、祭壇にあがっている蠟燭には火が灯っている。

「どうして……」

真生を床に降ろすと佐久が離れていこうとする。その袖を、とっさにつかんだ。泣きだしそうになりながら、愛しい男の顔を必死に見あげる。

「佐久は……俺が行ってしまっても、いいんですか」

見おろしてくる男の瞳に、ふいに怒りが灯った。

「いいわけがないでしょう……っ」

低く唸《うな》るように訴えられたと思ったら、真生はふたたび男の腕の中へとらわれていた。

「離したいわけが、ない……」

喉の奥から絞りだすような苦しげな声。

「これほど主人を恨《うら》んだことは……ありません……」

佐久が見せた怒りは真生へ対するものではなく、どうにもできない苛立ちだった。

「真生……」

強く抱きしめられる。

「真生、真生」

幾度も名を呼ばれ、想いの深さを知らされる。

たまらなくせつなくて泣きたかった。

「佐久」

真生も彼の背に腕を伸ばそうとした刹那、全身からほのかに光が放たれた。

「な、んだ……これ……」

初め、佐久が光っているのだと思った。だが光っているのは自分のほうだった。それは次第に強く輝きだし、身体の輪郭《りんかく》をぼやけさせる。

「佐久っ」

術が切れる予感に怯《おび》え、佐久を見あげると、膜を張ったようにかすんで見えた。

見る見るうちに視界がおぼろげになり、焦点を結ばなくなる。

「嫌だ。嫌ですっ。別れたくない……っ」

真生の両手は佐久の衣をつかんでいる。その感触が突如として消えた。

あ、と思ったときには意識が闇に落ちた。重力もわからぬ闇の中へ放りだされ、目を覚ます。

「っ！」

反射的にがばりと起きた、その視界に映ったのは、小平にある自分のアパートの一室だった。

五

都内も春まであとひと息といったところで、桜のつぼみはまだ硬い。

真生が現代へ戻って約ひと月が経過していた。

「晴明から親の話は聞いた？」

真生は大学の構内を歩きながら、となりにいる友人岸谷を見あげた。

「いや。そういう話はしなかったな」

真生が平安時代へ行っていたあいだ、真生の肉体には晴明の魂が宿っていたわけで、その事情を岸谷は晴明から聞いていた。

晴明は自分の正体を岸谷にしか明かさなかったらしい。そのため晴明が現代で過ごすための手助けは、岸谷ひとりが担《にな》っていたという。

真生の中身が晴明になり、岸谷もたまげたという。初めは真生の頭がおかしくなったと思ったそうだ。

そして真生が元に戻ったと知るや否や、晴明とのやりとりをまくし立てるように話して聞かせてくれた。

晴明は好奇心旺盛《おうせい》な男で、玄関の鍵の仕組みから車の仕組み、医療や世界経済など、その関心はとどまるところを知らず、説明をするのに苦心したという。

そんな話もひととおり話し終えると岸谷は満足したようだが、真生はなんども彼の話をねだった。

「平安時代の晴明って、学生のくせにいい暮らししてたんだ。ひとり暮らしにしては贅沢《ぜいたく》な屋敷を持っていて、調度品もいろいろ揃ってたし。親の遺産があったか、パトロンでもいたのかな」

「怨霊退治で稼いでたって言ってたから、それじゃないのか」

それはあるかもしれない。

「貢いでくれる女や恋人はいないって本人は言ってたし」

「それ、初耳だ」

「あー、そうだったか」

「あとほかに、なにを話した」

岸谷が呆《あき》れた顔をする。

「彼が喋ったことは全部話したって」

「でも、恋人はいないって話は、いままで話してなかったじゃないか。ほかにもちゃんと覚えてなくてあいまいなところとか、あるだろ。思いだしてないか」

岸谷が考えるように天井を仰ぐ。

「んー。母親が狐だという逸話《いつわ》があると知って、爆笑して、よいことを聞いた、使わせてもらおう、なんて言ってたり……チョコチップアイスを気にいったとか――は、前にも話したか」

「どっちも三回聞いた」

「じゃあ、もう無理。何十回もくり返しおまえに聞かせて、そのたびに思い返してるけど、これ以上は出てきそうにない。もしなにか思いだしたら話すよ」

「頼む」

真剣に頼むと、岸谷が苦笑した。

「飽きないよな。おまえ。でもあんな体験したら、誰でもそうなるか。他人が自分の身体を勝手に動かしてただなんて、気味が悪いもんな」

「うん……」

「俺もふしぎな経験だった」

「岸谷のお陰で、俺は変人扱いされずにすんだみたいだな」

「それはほんと、感謝してくれ」

晴明は毎日のように突飛《とっぴ》な言動をしていたようだが、岸谷のフォローのお陰で大事に至らなかったようだ。

「あ。じゃあここで」

真生は立ちどまり、まっすぐ行こうとする岸谷に言った。

「ん、なんだ。また図書館か」

「ああ」

「晴明の住まいのこと、まだ調べてるのか。森《もり》先生にも聞いて確認しただろ」

晴明の屋敷は五条の辺りにあった。しかし現代に帰って史料を見たら、そんな記録はどこにもなかった。「大鏡《おおかがみ》」によると土御門町口《つちみかどまちぐち》と記されており、五条よりずっと北である。

「いや。無名の頃にちょっと住んでいただけかもしれない場所なんて、記録に残ってなくてもふしぎじゃないし……もう、それはいいんだ」

晴明だって引っ越しぐらいするだろう。真生が身代わりをしていた当時の彼は無位無冠だったが、調べたら晩年には従四位下《じゅしいのげ》にまでなっていることを知った。高名になってからそれなりの屋敷に移ったのかもしれないと真生は勝手に考えている。

「あとはなにを調べてるんだ」

「とくには」

ほかにも真生がその目で見てきたことと現代の記録とでは異なる点があり、疑問に思うことはいくつもあったのだが、そういった相違についての関心は薄れていた。

それでも、晴明や平安時代の史料を開きたい欲求は続いていた。

「晴明に関することならなんでもいいから、ふれていたくて」

正確に言うなら、佐久に関することにふれていたかった。

佐久との繋がりは、いまやそれしかない。

真生は思いつめた目をして虚空《こくう》を見つめた。

「なあ、真生」

「なんだ」

「おまえ、本当に魂戻ってきたのか？　一部、置き忘れてきたんじゃないか？」

岸谷が心配そうな顔をした。

「……そうかもしれない」

そのとおりだ。

真生は笑う気にもなれず、ぽつりと呟いた。


時間の許すかぎり図書館へ入り浸《びた》り、アパートへ戻ると、真生はベッドに倒れ込むように横になった。

「佐久……」

その名を口にすると、ひび割れた陶器の隙間から水がじわりとしみだすように恋心が溢れてとめようがなかった。

ひと月が過ぎてもいっこうに式神のことを忘れられそうな気配はなく、恋慕《れんぼ》の想いは強まっていくばかりだ。

会いたくて、会いたくて。

思いつめたあまり、晴明のように方術で呼びだすことはできないものかと考え、まねごとのようなことをしてみたりもしたが、呼びだすことなどできるはずもなく、己のばかさ加減を思い知っただけだった。

いつか忘れる日が来るのだろうか。思い出に変わる日が来るのだろうか。

とても忘れられそうにないし、忘れたくもない。

「会いたい……」

ひとりになって彼のことを思いだしたら、涙が頬を伝った。

しばらく涙を流し、泣き疲れて眠りについた。

目が覚めたら佐久が添い寝していたらいいのにと願い、しかしそんな夢のような出来事が起こるはずもなく、いつものように腫《は》れたまぶたで憂鬱に朝を迎えるのだろう。そんなふうに諦めていた朝。

目を覚ますと、見慣れたアパートのベッドではなく、板の床が視界に映った。

「……。え」

身を起こすと、自分が倒れている前には見覚えのある祭壇がある。着ているものは狩衣。その袖から覗く手は自分のものではないが、見覚えのある手で――。

なにがどうなったのかと混乱したとき、背後から声がした。

「……真生……？」

忘れようもない声に息がとまりかけた。ふり返ると、すこし離れた場所で片膝を立てている佐久がいた。結界の印《しるし》らしき線の外側にいる。

「……佐、久……？」

名を呼ぶなり、佐久が転がるように駆けてきた。ほとんど体当たりで抱きしめられる。

「真生……会いたか……っ」

息もできぬほどきつく抱きしめられたかと思うと、がばっと身体を離され、両手を頬に添えられる。

「真生」

佐久の綺麗な顔がわずかに傾いて近づいてくる。キスの予感に、真生は慌てた。

「あの、佐久……待っ……」

とめようとしたとき、彼の両手からじゅうと焦げるような音がし、煙があがった。

「わあっ！　ちょっとこれ、なんですかっ⁉」

煙は真生の頬と手のひらの接触面からあがっており、焦げているのは佐久の手のひらだけだ。

「主人が、御自身の身体に術をかけたのです。私がふれることができぬように」

「な、なんで」

「主人が居ぬあいだに不埒《ふらち》なことをせぬように、とのことです。私が真生に恋したことを、主人に打ち明けたので」

「あ、あの、とにかく手を離したほうがっ。なんか、煙がすごいですけどっ？」

「もしふれたら皮膚が焼けると言われましたが、これぐらい、かまいません」

「うわあっ！　俺がかまいますからっ」

話しているあいだもじゅうじゅう焼けていて、真生は彼の手を引き離そうとするのだが、佐久は離してくれない。しかたないので突き飛ばすようにして押しやって逃れた。

「……真生」

佐久が捨てられた子犬のような哀れっぽい目つきで見つめてくる。

夢にまで見た男にそんなまなざしをされては、ついまたふらふらと近づきたくなるが、爛《ただ》れた手のひらを放っておけない。

「その手、手当てしないと。火傷《やけど》の薬なんて、あるのかな」

「すぐに治ります」

佐久は自分のことには無頓着《むとんちゃく》だ。

「いやあの、まず冷やしましょう」

真生は立ちあがり、屋敷の北側にある調理場へむかった。そのあとに佐久もついてくる。

「瓶《かめ》の水、使っていいですか」

「私が汲《く》みます」

「両手火傷している人はじっとしていてください」

水を張ったたらいを土間の上がりかまちへ置き、そこへ手を浸すように促すと、佐久はその場に正座をして素直に従った。

そのとなりに真生はすわり、改めて佐久を見つめた。

佐久も　じっと見つめてくる。

「真生と会えないひと月……とても寂しかったです」

こちらの空白期間もひと月だったらしい。

「俺も……すごく、会いたかったです」

こんなことを人に言ったことはなかったが、照れ臭さよりも、想いを伝えたい欲求が強かった。

「もう会えないと思っていました……」

また会えて、よかった。

口にしたら感情の枷《かせ》がはずれたように涙が溢れてきた。

悲しいのではなく、嬉しくて涙が溢れるのだと伝えたくて、笑おうとすると、ますます涙が頬を伝った。

「……っ」

佐久がせつなげに眉を寄せた。そして手ぬぐいで拭った手をこちらへ伸ばしてくる。

「あ……佐久、だめですよ、火傷が」

「治りました」

佐久が手を返し、手のひらを見せる。そこには先ほどまであったはずの火傷の痕《あと》はなくなっていた。

「え……さすが式神……」

「冷やしていただいたお陰で、治りが早かったようです。ありがとうございます」

「あ、でも」

「じかに肌にふれなければ、問題はないそうです」

身を引こうとしたら、それより早く彼の手に捕まり、あ、と言うまもなく抱きあげられた。

「ここは冷えますので、あちらへ戻りましょう」

部屋へ戻ると、佐久は真生を腕に抱いたまま腰をおろした。

つまり真生は佐久の膝の上に乗っている状態である。佐久の腕が解放する気配はない。

「あの……」

「なにか」

「俺を降ろす予定は、ないのでしょうか……」

「お嫌ですか」

「……嫌じゃないですけど」

「私は、あなたを離したくないのですが」

てらいなく情熱を伝えられて、さすがに真生も照れて赤くなった。

このひと月、佐久のほうも真生に焦がれていたのだと、その熱っぽいまなざしが語る。

「その……これって、また晴明が俺を身代わりにしたってことなんですよね……」

「はい」

「今度も三ヶ月なんですか」

「いえ。ひと月です。主人から伝言を預かっております」

佐久が口調を改めて続ける。

「私が使いものにならなくなったので、真生に責任をとってほしいとのことです」

「使いものにならないって……佐久が？」

「私としては以前のように仕えていたつもりなのですが、仕事がおろそかになっていると度々《たびたび》注意されました……。あなたへの想いを募らせて、ぼんやりしてしまったり、つい、主人にあなたを重ねて見つめてしまったりしていたかもしれません」

まじめに告げられて、真生の頬が染まる。

「あの……俺たちの仲について、晴明はどの程度知ってるんですか」

「事の次第はすべて事実そのままに伝えてあります。私が話す前から、だいたいわかっていたようですが。なにしろ私がこの身体を抱きしめていたところに主人の魂が戻ってきたわけですから」

「そ、そう……」

晴明の中身とは面識はないのだが、彼に知られたのは、なんとなく恥ずかしい。

「それで、責任をとれって、どうしろと」

「もし、あなたが私の気持ちを受け入れ、この地へ定住する気があるのなら、方術で身体ごと呼び寄せるそうです」

「……そんなこと、できるんですか」

「手段がないわけではないとのことです。ただし失敗する可能性も高く、その場合、命の保証はしかねると。それでも覚悟があるのなら、請け負うとのことです」

「………」

「そこまでの覚悟はできないと言うならば、私があなたへの未練を断ちきれるように、きっぱりとふってほしい、とのことです」

それをこのひと月のあいだに決めて、佐久に伝えよと言う。

「主人の術の効力により、私が未来へ行くことはかないませんので、真生が決めてください」

身体ごとこちらに来るという選択肢《し》があるとは考えていなかった。いくら晴明でも、きっとできないのだろうと思っていた。急に未来の道を複数提示され、その分岐路《きろ》に立たされて、まごついてしまう。

「……晴明がまたむこうへ行ったのって、もしかして、俺にそれを決めさせるためですか？」

「いえ。あちらがとても気にいったそうで、私たちの件はついでのようです」

佐久をふることは考えられない。佐久のそばにいられるならば、これほど嬉しいことはないとも思う。

けれど魂だけでなく身体ごとこちらに来るという選択は、問題が多すぎる気がする。

「あの、こちらへ住むと決めた場合、ときどきあちらへ戻ることは可能でしょうか」

「それは難しいかと。ですから主人も、『定住』という言葉を使いました」

「じゃあ、こちらに来たら、二度と帰れなくなる……？」

「その覚悟でご検討ください」

「そうですか……」

すぐに決められることではなかった。

気がかりなことはほかにもある。

「あと、俺……いいんでしょうか」

「なにがですか」

「佐久のそばにいて」

真生は握ったこぶしへ視線を落とした。

「きっと俺、なんの役にも立ちません。いまは晴明の身代わりという役目がありますけど、それがなくなったら……」

佐久のそばにいる資格が、凡人の自分にはたしてあるのだろうか。

佐久が不可解そうに首をかしげた。

「役に立つ、というのはどういう意味ですか。役に立つ必要がありますか？　私はあなたがそばにいてくれたらとても嬉しく思いますが」

さらりと告げられて、真生は赤くなって口ごもった。

「で、でも、そうは言ってもですね、その……」

そばにいてくれと言われて、すぐに返事ができない自分が恨めしい。佐久のことが好きな気持ちはたしかにあるのに、よけいなことを考えてしまう。

赤くなってうつむいていると、優しく背中をさすられた。

「ひと月あります。ゆっくり考えてください」

「はい……」

「お食事は、いかがいたしましょう」

「……いただきます。佐久といっしょに、食べたいです」

こうして真生の二度目の平安生活がはじまった。


「真生。風呂の支度が整いました」

食事が済むと、佐久に風呂を促された。

「え……風呂？」

「はい」

「風呂って、あの風呂？」

「どの風呂かわかりかねますが、主人は風呂と呼んでおりました。あちらのものを模《も》して造ったのです」

前回訪れたときには晴明宅に風呂はなかったのだが、現代の風呂を晴明がとても気に入り、戻ってきたらさっそく造ったそうな。

「まずはお召し物を替えていただきます」

部屋で着物を脱ぎ、用意された麻の単衣《ひとえぎぬ》に袖を通した。烏帽子をはずし、髪の紐もほどく。

「こちらになります」

佐久のあとに続いて庭側の廊下に出る。すると佐久が庭を指し示した。

「ろ、露天風呂……っ」

庭に大人が入れるほどの大きな木桶が置いてあり、その横に簀の子がある。

これを風呂と呼んでいいのか。

「……晴明、豪快だなあ……」

見えないように囲いがあるわけでもない。男だからいいけれども、客が来たらどうするのだ。

呆然と眺めていると、佐久に抱き抱えられた。

佐久がふわりと跳躍し、簀の子へ真生を降ろす。

春先とはいえ空気は冷たい。木桶には熱い湯が張られており、かけ湯をしてすぐに中に入った。

「湯加減はいかがですか」

佐久は木桶のそばにしゃがみ込み、湯の温度を自分で確かめるように指先を湯に浸けた。

「ちょうどいいです」

「ぬるくなったら、温めますので」

「竈《かまど》で沸かしてくるんですか」

「いいえ。私が」

彼の指が入っている辺りの湯が熱くなった。火鉢や照明の火を指先で灯すのと似たような力なのだろう。

「佐久はすごいな」

感心すると、男の綺麗な顔が嬉しそうに微笑んだ。

「温まったら、お背中を流しますね」

「いえ、それは。さわったら火傷するから」

「じかにふれなければ平気です」

木桶から出ると、米ぬかで髪と身体を洗った。その様子をそばに控えている佐久にじっと見つめられている。

——恥ずかしい……。

ただでさえ身体を洗っているのを他人に見られる機会などそうないのに、晴れた空の下、見ているのは好きな人なのである。

真っ赤になって、佐久から隠すように股間を洗う。

前回のトリップ時には風呂はなかったが、湯をかけ流して身体を洗うぐらいのことはしていた。そのときも佐久に見られていたが、これほど熱心に見られていなかった気がするし、自分も恋心を自覚するまでは、佐久の視線をさほど意識していなかった。

「失礼します」

最後に、米ぬかの入った袋で、佐久に背中をこすられた。

緊張と興奮で胸がどきどきした。が、佐久の手つきが案外慣れていて、これは自分の裸ではなかったことを思いだした。

「あの、晴明にも、こうしてたんですよね」

「はい」

「……ですよね」

晴明は佐久の主人なのだから当然のことだと理解しているが、胸の奥が、嫉妬《しっと》でちくりと痛んだ。

お陰で興奮していた頭が冷え、すこし冷静になる。

佐久は本当の自分の姿を見たら、どう思うだろう。

自分は晴明ほど美人ではない。

晴明の姿だから佐久は恋と錯覚しているだけという可能性はないだろうか。

「あの……佐久は、俺に、身体ごとここへ来てほしいですか」

「むろん」

気弱に尋ねたら、打ち返すような早さで力強い返事が届いた。

「いっしょに暮らすことができたら、これ以上の喜びはありません」

「俺も……」

佐久と暮らせたら幸せだと真生も思う。

しかし佐久は本当の自分の姿を知らない。姿を見せたとたんに恋心が冷めたりしないだろうか。

「でも俺、晴明みたいな美人じゃなくて、ふつうの男ですよ。想像とちがくて、がっかりさせるかもしれません」

「そんなことはありません」

「でも、って、あ！」

重大な事実に気づき、真生はふりむいた。

「佐久。佐久は、男性なんですか」

「いちおうそうですね」

「俺も、男ですけど。いいんですか」

佐久のまぶたが二回まばたきした。

「男だと、なにか問題が?」

「……問題、ないですか?」

「性別など気にしません」

なにをいまさら、とでも言うように優しく対応された。式神である佐久にとっては性別など些細なことなのだろう。

真生も、佐久の式神という属性に意識がとらわれていて、性別についてはあまり意識していなかった。

男同士だということを改めて念頭に置いて、真生は佐久の身体へ目をむけた。袖から伸びるたくましい腕や太い首は男らしく、ゆったりとした着物に隠れる裸体もきっと見事なのだろうと想像させる。

もし自分が身体ごとこちらへ来たら、そのときには肌を重ねたりするのだろうか。

「………」

——想像したら、どきどきしてきた。

男同士だと意識しても、やはりふれあいたいと思えた。

佐久も、自分に対しておなじように思ってくれるだろうか。

「真生、なにか？」

真生の視線に気づいた佐久が小首をかしげる。真生は慌てて顔を戻した。

「な、なんでもないです。もうあがります」

昼間から恥ずかしい想像をしている自分に耳が赤くなる。

長湯をしたわけでもないのに、のぼせそうな気分だった。


現代の習慣や文化を学んだ晴明は、真生への助言を書き留めていてくれた。

とくに前回苦労した人間関係の情報を書いてくれている。これは佐久が晴明に頼んだそうだ。お陰で今回は格段に身代わりが楽になった。

保憲についても書かれていて、よく言い含めたのでもう手をだしてくることはないだろうとのことだった。

こちらに来て何日か経ち、その保憲と仕事で出かけることになった。

京の都では疫病《えきびょう》が流行《はや》っていて、師匠の忠行も伏せっていた。庶民はもとより上流貴族にも病が広まっており、陰陽師は吉凶の占いや加持祈禱に追われていた。典薬寮《てんやくりょう》には和気《わけ》氏や丹波《たんば》氏といった名医もいることにはいるのだが、流行病《はやりやまい》は祟《たた》り神のしわざと思われている時代であり、阿闍梨《あじゃり》など僧職者によるお祓《はら》いが重視されている。僧侶だけでなく陰陽師にも依頼がくる。まだ陰陽師ではない晴明も保憲の助手ということで駆りだされていた。

今日は太政大臣《だいじょうだいじん》藤原忠平《ただひら》からの依頼である。

「晴明よ」

ふたりで歩きながら忠平宅へむかっていると、保憲がこちらを見つめてきた。

「元に戻ったと思ったのに、なんだか……また雰囲気が変わってないか……？」

「どこが」

やっぱり変だと気づくよなと思いつつ、とぼける。もし保憲に疑われたら、とぼけてにたりと笑えと晴明からの手紙に書いてあったので、そうした。するとたんに保憲の顔がこわばった。

「い、いや、なんでもない。気にしないでくれっ。きっと俺の気のせいだ」

「そう――」

真生が言いかけるのを遮って、保憲が手をあわせる。

「すまん。ごめんなさいっ！　もうまちがっても妙な気は起こさないから……っ」

本気で怯えている。大の男をそこまで怖がらせるとは、晴明はいったいなにを言い含めたのだろうかと気になるが、この様子ならもう襲われることはなさそうだった。

忠平宅へ着くと、家人が複数病で伏せっているとのことで、それぞれの寝室へ赴き、お祓いをしていった。

みんな高熱をだし、発疹《ほっしん》ができるというおなじ症状である。医学知識のない真生でも、麻疹《はしか》などの感染病なのだろうなと推測できた。

大臣宅を辞すると、道すがら、保憲が難しい顔をした。

「これ以上、病が広がらなければいいのだが」

「そうだな」

「晴明。おまえ、屋敷より南へは近づかないようにしろよ」

「どうしてだ」

「病人が多いからに決まってるだろ」

都は南へ下るほどに低所得者層の住居となる。不衛生で劣悪な環境に暮らす庶民のほうが、感染病にかかる率は当然高い。

「……ああ。気をつけよう」

なんの感染病か定かでないが、自分は予防接種を子供の頃にすませたはずとのんきに考えていた真生だったが、いまの自分の身体は晴明のものなのだと思いだした。

この時代、予防接種などない。晴明の身体が予防接種を受けているはずがない。

現代にいた頃は、病気になったら医者に行けばいいと気楽に考えていたが、ここではろくな治療は期待できぬのである。

その翌日は陰陽寮での事務仕事に戻ったが、それからも祈禱のお供をすることは度々あった。

仕事を終えてひとりで屋敷へ戻りながら、あるいは床につくときに、この地で暮らすことについて考える。

現代とは異なり過酷な時代。優雅に暮らしているのは上流貴族の一部だけで、その貴族も病の前では無力である。

佐久とは離れたくないと思う。しかしこれから一生ここで過ごすことを想像すると、即決はできない。不安で迷いが生じる。

夜、食事を終えると、佐久が妻戸を開けてふりむいた。

「真生。ご覧ください。庭の花が見頃です」

にこりと微笑むその顔につられて縁側のほうへ這い寄ると、暗い庭に薄桃色の桜がぼんやりと浮かびあがっていた。

「本当だ。今日は暖かかったから、一気に咲いたんでしょうね」

その場に腰をおろして桜に見惚れていると、佐久の手が真生の袖にそっとふれてきたのに気づいた。

もっと離れていたはずなのに、いつのまにかすぐ横にいた。

「あ、の。佐久、俺にさわっちゃ、だめですよ？」

佐久は隙さえあれば真生にさわろうとするようになっていた。ふれたら火傷するのに、さわろうとする。

真生がすこし身を横へずらしたら、恨めしそうな、哀れっぽい目つきをされた。

「……真生は、私にふれたいとは思いませんか」

「それは……」

それはもちろんさわりたい。たしかな繋がりがほしいと思う。

照れてしまって答えられずにいると、佐久が真生の袖を手にした。それを口元へ持っていき、恭《うやうや》しい仕草でくちづける。

「……私は、真生にとてもふれたい」

袖にくちづけたまま、熱い視線をこちらへむける。その色気に満ちたまなざしに胸を射貫《いぬ》かれ、真生の心臓が大きく高鳴った。

頬を熱くさせながら、真生は目を泳がせた。

「それは……俺も、そう思いますけど……」

佐久がにじり寄ってくる。

「衣越しにくちづけるのも、お許しいただけないでしょうか」

「だ、だめ、です。この身体は晴明のものですから。俺じゃなく、佐久と晴明がふれあうことになるんですから……俺、この身体に嫉妬することになります」

ふれると火傷するため、佐久との肌のふれあいはいっさいない。火傷しなかったとしても、真生は拒んでいただろう。

好きな人にふれたいという欲求はあるのだが、実際にふれあうのは自分の身体ではないので、晴明に嫉妬するという妙な具合になってしまう。

しかたがないので清い交際を続けているのだが、内心は悶々としている。

「佐久だって……見た目は晴明なのに、ふれたいって思うんですか」

「正直、主人にはふれたいとは微塵も思いません。しかし中身があなたですと、表情も仕草も主人とはまったく違うので、外見も、別人のような錯覚を覚えます。その肉体は主人のものだと理解しておりますが、それでも、すこしでもあなたの魂に近づきたくて、ふれたくなります」

佐久は毎日、あなたにふれたいと口説《くど》いてくる。真生としてもおなじ気持ちなのに、拒まなければいけないのはジレンマだった。

自分が肉体ごとこちらに来れれば、ふれあうこともできるようになるのだが……。

まだ、決めることができない。

「あなたを困らせたいわけではないので、くちづけは我慢いたします」

佐久が未練たっぷりに真生の袖から手を離した。

「ところで寒くはございませんか」

「はい。だいじょうぶです」

答えると、こちらを見つめる佐久が、なにか言いたそうな顔をした。

「なに……？」

「春とはいえ、夜は冷えると思うのですが……。寒く、ないですか？」

熱っぽいような、すこし哀れっぽいような調子で、質問をくり返された。

もしかして寒いと言ってほしかったのだろうか。

「え……と。そうですね。ちょっと、肌寒いかも」

佐久の顔が一転して満足そうになった。

「そうですか。では、お風邪を召されてはいけませんので、失礼いたします」

「わ」

抱き寄せられ、佐久の膝の上に乗せられた。

「あの、佐久」

「防寒のためです。じかにふれないように気をつけますので、これぐらいはお許しください」

「はあ……」

たくましい腕に抱きしめられ、真生は顔を赤くさせて妥協のため息をついた。

たとえ晴明の身体越しでも、自分も佐久を感じたいのだ。

身体を預け、彼の腕にふれてみた。じかに肌にふれないように気をつけて、衣の上からそろりと撫でる。自分とも晴明とも違う筋肉質の腕の感触を、晴明の指越しに感じる。

——嬉しいな……。

たとえ他人の身体でも、こうして寄り添っていられることがとても幸せだった。これが自分の身体だったら、もっと幸せだろう。

「真生」

佐久の低い声が耳に近いところから聞こえた。

「この花の花期はとても短いことをご存じですか」

真生は庭の桜へ意識をむけた。

「ええ。十日もすれば散りはじめますよね」

「そうです」

佐久の声が、低くささやく。

「その頃には、ひと月になります」

静かだけれども重い言葉に、真生は唇を結んで頷いた。

「それまでに……決めないと、ですよね……」

「決心はつきかねますか」

「……佐久のことは、とても好きです。そばにいたいと思います。でも、むこうの世界と縁を切る勇気がなくて……」

両親も兄弟もいない自分は、現代との縁が薄いのかもしれない。自分がいなくなることで深く悲しませる相手は、そう多くない。

だがすくないとはいえ、お世話になった人たちはいるし友だちもいる。こちらに来たらその人たちとは会えなくなる。

生まれ育った世界から完全に決別することは怖かった。肉体ごと移動させるのは、難しい方術だという。ちょっと戻りたくなったと言って戻れるものではないだろう。ここに骨を埋める覚悟で決めなければいけないと思う。

「それに……俺の本当の姿を見たら、やっぱり、佐久にがっかりされたりしないかな、なんて思ったり」

「見目《みめ》など、私は気にしないとなんども言っております」

「ええ……」

式神の感覚は人のそれとはずれているようだし、気にしないという彼の言葉を疑ってはいない。しかし晴明の美貌と比べたら、自分はあまりにも平凡すぎる。

晴明がすべての基本となっている佐久の目に、自分がどんなふうに映るかが、怖い。

特別な能力もなく、平凡で役立たずだ。

でも、佐久のそばにいたい。

「真生」

真生を抱く佐久の腕の力が強まった。

「あなたがどんな姿でもかまいません。あなたの魂に惹かれているのですから」

力強い言葉に、心が傾く。

「ですが、無理強いはしたくありません。こちらにとどまるよりも元の世界へ戻りたいと思うのならば、しかたがないとも思います。私はあなたの意思に従います」

「……ありがとうございます」

今回の滞在は短い。早く決めなければいけないのに、気持ちが揺れる。

「あの、佐久は神様なんですよね」

真生は佐久の心臓がある辺りにそっと手を当てた。

「佐久の寿命って……どうなんですか。もしかして、平成の時代でも会えたりしないんでしょうか」

「私は晴明様と契約を結んでおりますので、彼の命がつきたら私も眠りにつきます。その後また誰かに呼びだされたら、目覚めて姿を現すでしょう」

「それって……現代で会える可能性はあるわけですね」

佐久が頷く。

「佐久を召喚して契約することって、俺にできるでしょうか」

「非常に難しいかと」

佐久の表情が、真生では無理だと言っていた。晴明ほどの霊力の持ち主でなければ召喚できないのだろう。

やはり自分がここへ来るか否か、選択するしかないのだ。

「そうですか……」

佐久のそばにいたい。けれどほかのすべてを捨て去るのは躊躇《ちゅうちょ》する。

「……あと十日……」

真生は流されまいとするように、佐久の腕にぎゅっと縋りついた。


約束の日が近づくにつれ、佐久の態度に変化が見られるようになった。

口数が減り、物思いにふけっていることが増えている。

自分がいつまでもぐずぐずと決めかねているから苛立っているのかもしれないと思ったが、佐久の機嫌をとるために結論を急ぐのもどうか、などとやはりぐずぐず考えているうちに、約束の日が明日にまで迫ってしまった。

いい加減決めなければいけない。そう思いながら床についた夜更け、うつらうつらとまどろんで、ふと気づくと添い寝していた佐久の姿が消えていた。

「あれ……佐久？」

呼びかけても返事がない。

真生は不安になって起きあがり、部屋から出てみると、縁側から夜空を見あげている佐久の姿があった。

空には月がなく、めまいがしそうなほどたくさんの星がきらめいている。

「佐久……眠れないんですか」

佐久はちらりとこちらへ目をむけ、腕を伸ばしてきた。

「どうしたらあなたがそばにいてくれるか、考えていたのです。そして、絶望しました」

真生を腕の中へ収めると、彼はかさついた声で言った。

「あなたは自分を役に立たないとおっしゃったが、私だってそうです。もしあなたが肉体ごとこちらへ来たら、そのときには主人の身代わりから解放されているので怨霊に狙われることもなく、私の力を必要としなくなります。あなたにとって、私は価値がなくなる」

式神のめずらしい弱音に、真生は息を詰めて彼を見あげた。夜空を見あげながら語る横顔は硬く陰りを帯びていて、それが美しく儚《はかな》げだった。

「この地へとどまることをあなたに決断させるだけの魅力が私にはない。人のように求愛の歌を詠むこともできなければ、財があるわけでもない」

佐久のまなざしが、真生へと降りる。

「私にあるのはあなたへの気持ちだけです。それのみで、そばにいてくれと言うのはおこがましいことでしょう。それでも、私はあなたとともにありたい」

告白は静かに降り積もる雪のように純粋で、真生の心へ染みこみ、堆積《たいせき》していく。そして真生の不安を溶かしていった。

――ああ……俺、佐久が好きだ。

真生はしみじみと思い、吐息をついた。

佐久も悩んでいたのだ。

式神で、人を超越した存在だから、自分のようなちいさな悩みなど抱かないのだろうと思っていたが、そんなことはないのだ。

この人を幸せにしたいと切《せつ》に思った。

自分も、佐久とともにありたい。なにを差し置いても。

自分がいないところでひとり孤独に月を見あげてほしくない。傷ついてほしくない。

悠久の時の中では人の寿命など星の瞬きほどのものである。そのひとときをこの男とともに過ごしたいと心の底から強く思った。

真生は佐久の背へ腕をまわし、強く抱きしめた。

「佐久。俺、佐久のそばにいたいです」

これまでどうしてくよくよ悩んでいたのかとふしぎに思えるほど、迷いは吹っきれていた。佐久の目をまっすぐに見て、意思を伝える。

「だから……晴明に伝えてください。身体ごと、ここへ連れてきてほしいと」

「……よろしいのですか。むこうの世界を手放して」

「はい。どちらかしか選べないのならば、やっぱり俺は、佐久のそばにあることを選びます」

佐久がひそやかに息をついた。

「ありがとう……ございます……」

氷塊《ひょうかい》が溶けて丸みを帯びるように、硬かった佐久の表情がみるみる綻んでいく。穏やかなのに熱っぽい微笑はこれ以上なく幸せに満ちていて、真生の胸を熱くさせた。この選択をしてよかったのだと、心から思う。

「明日、俺の魂はむこうへ戻りますよね。それで、身体ごとここへ連れてきてもらえるのは、いつになるんでしょう」

「方術を執りおこなうのによい日は、明日からちょうどひと月後の日没時とのことです。ですので真生はそれまでに、こちらへ来る準備を済ませてください」

「わかりました」

「佐久。戻るまで、くっついていていてもいいですか」

甘えるようにねだると、きつく抱きしめ返された。

「もちろん」

その夜は寝室には戻らず、縁側に腰をおろしてずっと抱きあったまま星を見あげていた。やがて空が白み、陽がのぼり、祭壇のある部屋へ移る。

そこでもふたりは抱擁《ほうよう》しあい、ときが来るのを待った。

「そろそろでしょうか」

「はい」

「真生……ひと月後が、待ちきれません」

佐久は熱っぽくささやいたと思ったら、なにか思いだしたようにくすりと笑った。

「なに」

「いいえ。前回も、こうして抱きあっていたでしょう。あなたの意識がなくなったあとも抱きしめ続けていたら、戻ってきた主人の不興を買いまして。きっと今回もそうなるだろうな、と」

真生も想像して頬を緩めた。

「ひと月、会えないのは寂しいですね」

「ええ」

どちらからともなく、抱きしめる腕に力がこもる。

「……ですが、ひと月辛抱《しんぼう》すれば、会えます」

「はい。次はきっと、ふれあえますね」

ひと月後に会えるとわかっているから、前回のような悲壮感はない。見あげると優しい表情がそこにあり、互いに目をあわせて微笑みあった。

「あ」

そうこうしているうちに、真生の身体はほのかに光りだした。前回とおなじで、光は徐々に強く輝きはじめる。

「佐久。うまくいくように、祈っていてください」

「はい」

「元気で」

「あなたも、どうぞ無事で。待っております」

佐久は微笑みながら、目尻をすこしだけ潤《うる》ませていた。

その顔が、光に呑まれて次第に見えなくなっていく。やがて強すぎる光に、視界が真っ白くなり、完全になにも見えなくなった直後、四肢《しし》の感覚もなくなり、意識が闇に落ちる。

「……っ」

目を覚ました真生は、起きあがってちいさく息をついた。目の前に広がる光景は前回とおなじである。ここへ来る前の記憶よりも、微妙に散らかったアパートの部屋。

無事に現代へ戻っていた。

六

真生は窓硝子のむこうの景色を眺めていた。

アパートのとなりに建つ一軒家の庭に夏椿があり、白い花を咲かせている。真生の部屋は二階で、カーテンを開けると夏椿の上部が必ず視界に入ってくる。昨年もこの時期に花を咲かせていたはずなのだが、記憶にない。

先月佐久といっしょに桜を見るまでは、季節の木や花に特別な関心を払う男ではなく、せいぜいひまわりやチューリップぐらいしか識別できていなかったように思うのだが、このひと月で木々の変化や季節の移ろいというものに敏感になったように思う。

この窓から見える木が夏椿だということも、現代へ戻ってきてから知った。

この花を見るのは今日が最後だと思うと、夏椿に特別な感情など抱いていないのに、目に焼きつけておこうという気持ちになる。

じっくりと見ているうちに陽が傾き、硝子への反射が変化して外よりも室内のほうが見やすくなってくる。自然、硝子に映る自分の顔へ焦点をあわせた。

つぶらな瞳。薄い唇。細い顎。どちらかといえば整っているかもしれないが、薄幸そうで、平均の域を出ない顔立ち。

この顔をこれから佐久に披露するのだと思うと緊張した。

今日、日没時に晴明に召喚される予定なのである。

戻ってきてからひと月のあいだに、世話になった人たちへの最後のあいさつを済ませた。タイムトリップするのだとはさすがに言わなかったが、旅に出ると言ってある。

荷物もだいたい片付け終えており、がらんとした部屋を見渡したとき、インターホンが鳴った。

岸谷である。

事情を知っている彼だけには今日が召喚の日だと教えており、見送りの約束をかわしていた。

これからはむこうで暮らし、もう現代には戻らないのだと伝えたら、岸谷は驚き、寂しそうにしながらも、それでおまえが幸せならいいんじゃないかと応援してくれた。自分がいなくなったあとの始末も快く引き受けてくれた。

「準備万端《ばんたん》なんだな」

部屋へあがると、岸谷は室内の片付いた様子を見渡して腰に手を当てた。

「見送りは俺だけか」

「ああ」

「おまえも水臭いな。ほかのやつらにも見送らせてやればいいのに」

「未練が湧くと困るから」

「それもそうか」

片付いた部屋の床に岸谷がすわる。

真生はシーツをはずしたベッドの上に腰をおろし、岸谷の顔を眺めた。

「岸谷。これまでいろいろありがとうな」

「むこうでも、がんばれよ」

「ああ」

「晴明に、よろしく伝えてくれ」

岸谷が真生を見あげ、おどけたように言う。

「俺も晴明にはここで散々困らせられたけど、もういちどぐらい、あいつに会いたかった気がしなくもない」

晴明と岸谷は馬があったらしい。

真生は彼の身体は知っているが、中身と話したことはない。これから初対面となるわけで、佐久と恋人になるからには晴明とも今後長いつきあいになるはずである。うまくつきあっていける男であってほしいと願う。なんだかんだ言いながら岸谷が気にいっている様子を見ると、きっと自分も仲良くなれそうな気がしている。

窓の外へ目をむけると、陽が落ちたところだった。

「そろそろだと思う」

「なにか、準備はいらないのか」

「とくに。ベッドの上で待っているように言われただけ」

真生はベッドの上に正座し、深呼吸した。

「晴明の術がうまくいくといいんだけど」

必ずしも成功するとは限らないと言われている。失敗した場合、命を落とすこともあり得ると。

「信じよう。信じるしかないよな」

心臓がどきどきしてきた。落ち着こうと目をつむり、深く息を吸う。

そのとき、ふたりのあいだの空間に稲妻《いなずま》のような光が走った。

「っ！」

あまりのまぶしさに真生は目を手で覆った。稲妻は一瞬で消え去り、恐る恐る手をおろして見る。

すると稲妻が走った辺りの空間がカッターで切りおろしたように裂け、光が溢れだす。そしてそこから光に包まれた男が現れ、ふわりと床に降り立った。

白い狩衣に中性的な美貌の男。

先月まで毎日自分の身体として見ていた男。

晴明である。

彼は部屋にいるふたりを交互に見やると、まずは真央に顔をむけ、にこりと笑《え》んだ。

「やあ、真生」

声をかけられた真生は、息をするのも忘れてあんぐりと口を開けている。

「……晴明？」

「はじめまして、かな。こうして動くきみを見るのは、なんだか変な気分だね」

「……どうして」

なぜ晴明が現代に来るのか。

自分が平安時代に召喚されるのではなかったのか。

呆然とする真生の前で、晴明が陽気に笑った。

「やっぱり自分がこっちで暮らしたくなってしまってねえ。チョコチップアイスが恋しくてたまらなくて」

「アイスのために？」

「それだけじゃない。ワインもすこぶる気に入ったんだが、酒に弱いきみの身体じゃたいした量は飲めなかったし、車の運転もしてみたい。飛行機にも乗ってみたい。日本以外の国も知りたい。知りたいことはまだまだたくさんあって、数ヶ月間の身体の交換なんかじゃ、とても満足できなかったんだ。

それからそうそう、きみに文句も言いたかったんだ。佐久が本当に役立たずの腑《ふ》抜けになってしまって、どうしてくれるんだ。髪紐を眺めてはため息ばかりついて、食事に干しなつめばかりだす。私を見る目つきもときどき気色《きしょく》悪い。眠りから覚めたら寝顔をじろじろ見られていたこともあった。気味が悪いったらありゃしないじゃないか。急に私の手を握ってきたりするから、怪訝に思って見あげると、視線があったとたんに手を振り払って、まるで汚いものでもさわったような顔をする。自分からさわってきたくせに、なんだあれは。私はあれの主人だぞ」

　晴明はいっきにまくしたてる。そのいきおいに気圧《けお》されて、なんとなく謝る真生。

「はあ……。ええと、ごめんなさい」

「うむ。わかってくれたらいいんだ。それでだね。こちらに来たからには生計を立てる手段を講じなければならない。貧乏学生のきみの世話になるつもりはないから安心したまえ。考えたんだが、探偵事務所を開こうかと思っているんだ。きみは探偵員として雇《やと》うから、そのつもりで」

「探偵？」

「そう。おお、岸谷。ちょうどよいところにいてくれた。きみ、借り手を募集しているビルがあると言っていただろう。あれを私に貸したまえ」

　真生以上に惚《ほう》けた顔をしていた岸谷が、話しかけられてはっとしたようにあたふたした。

「え？　あ？」

「そこを事務所にするんだ。もう決めた。さっそく物件を見に行くから、案内してくれ。ああそうだ、真生、服を借りるぞ」

晴明は勝手知ったる様子でクローゼットを開けた。しかしそこはカラだ。

「服はどこだ。この中か」

積んである段ボールに目をつけた彼は勝手に開けはじめ、真生のシャツやデニムをとりだし、狩衣から着替えはじめた。

「あの……晴明」

真生は事態を理解して青くなりながら、おろおろと立ちあがった。

「なんだ」

「俺が平安時代に行くって話は……」

「ああ。なかったことにしてくれたまえ」

「……は」

晴明は微妙に丈の長いデニムの裾をチッと舌打ちしながら折り返している。

「きみは佐久のそばにいたいだけで、平安時代で暮らしたかったわけじゃないんだろう？　佐久からそう聞いていたが、もしかしてむこうに行きたかった？」

「あの、佐久がいれば暮らす場所はどこでもいいですが……」

「晴明、ちょっと待ってくれよ」

岸谷が割って入ってきた。

「きみがこちらへ来たとなると、歴史はどうなるんだ。きみは出世して、八十ぐらいまで生きたって記録もあるのに」

「じゃあそれは私ではないんだろう。誰かが私の名を騙って功名《こうみょう》をあげたのかな」

「しかし」

「私のような本当の異端はね、世に名を残すことなんてありえないんだよ。人心は常に異端に恐怖し、排除する方向へ働くから。だから私の名が残っているのならば、私を騙ったその男は処世術《しょせいじゅつ》に長けた男なのだろう。どうでもよいことだ」

晴明は興味がなさそうに適当に答えた。そしてそれは真生にとっても二の次の話で、話題を元に戻す。

「あの、晴明。それで、佐久は……、俺、佐久に……」

「真生、わかっている。そう慌てるな。私がこちらにいれば、あれもここへ呼びだすことができる。すこし待て」

晴明は床へ脱ぎ捨てた狩衣のたもとを探り、人型をした紙をとりだした。

それを手にして、なにやら唱えはじめる。

すると。

「っ！」

晴明の手から白い煙が立ちこめ、その中から佐久が姿を現した。

長い黒髪に人形のように整った顔、水干姿は別れたときとまったく変わらない。

「佐久。私はそこの岸谷という男と出かけてくる。おまえはここにいるといい」

「かしこまりました」

「岸谷。行くぞ」

支度を整えた晴明が岸谷を促す。

「え、あ、えーと、真生は……」

「そっちはいいんだ」

真生へとまどった顔をむける岸谷を、晴明が強引に引っ張り、ふたりはアパートから出ていった。

部屋に残った真生は、黙って佐久を見あげていた。

晴明を見送った佐久がゆっくりとふり返り、その視線が真生をとらえる。

「……真生？」

確かめるように、佐久が尋ねた。

真生はちいさく頷いた。「はい」と言ったつもりだが、かすれて声にならなかった。

佐久が一歩、二歩と歩み寄ってくる。三歩目で、ふれあえるほどの距離になった。真生は嬉しさと不安と緊張で身体をこわばらせた。抱きつきたい。けれど、この姿を初めて見た佐久の反応が不安だ。

息を詰めて見あげていると、佐久の目が蕩《とろ》けそうに和んだ。

「ようやく、本当のあなたにお会いできました」

彼の手が頬へ伸びてくる。

「主人の身体じゃない。……ふれてもいいですね」

真生が返事をする前に、大きな手のひらが頬を包んだ。その温もりに目頭が熱くなる。

「佐久……本当の俺は、このとおり、ですけど……」

「はい。想像していたとおりに、かわいらしい」

佐久がにこりと笑う。

真生は頬を赤らめた。

「本当に……がっかりしてないですか」

「そんなことはないとお話ししましたでしょう。私はあなたの魂を知っております。式神の目には、人と魂と肉体は相関関係にありますので、予想と異なるということはないのです」

「……そうなんですか……」

揺るぎのない返事が真生の不安を払拭し、緊張を解いた。

予想と異なることはないのだと、それを早く教えてもらえていたらこれほど不安になっていなかったのにと肩の力が抜けたが、ともかく、幻滅《げんめつ》されることはなくてよかった。

「よかった……」

安堵で涙がにじむ。真生も手を伸ばし、遠慮がちに佐久の胸元へふれた。

「俺……本当の姿を見てもらえて、よかったです。この姿で会えて、ほんと、嬉しい……。会いたかった、です」

「真生……」

頬にふれる彼の親指がそろりと動き、肌を撫でた。感触を確かめるようなその動きは、やけになまめかしい。

無邪気に再会を喜んでいるように見えた佐久の瞳は、いつのまにかそれだけではない熱がこもっていた。

「真生……会いたかった」

佐久の顔が近づいてくる。もう拒む理由はなく、真生は恥じらいながら目を伏せた。

唇が押し当てられ、佐久の体温が伝わる。人形のように無機質で体温などなさそうに見えるのに、自分よりも熱く感じた。それは頬にふれている手や腰にまわされた腕からも伝わる。

——ああ……佐久とキスしてるんだ……。

初めてのキスに甘酸っぱい感動で胸が震えた。

あれほどふれあいたいと望んだ男と、こうしてなんの遠慮もいらずにふれあえるようになったと思うと涙が溢れそうになる。

「……ん」

佐久のすこし乾いた唇は、ふれあっただけでも真生を性的に興奮させるにじゅうぶんだった。

「ん……ん」

初めてなので、ふれるだけで終わると思っていた。だが佐久の唇はそれだけで真生を離してくれなかった。ついばむように唇を吸われたのちに舌を差し込まれ、濃厚な愛撫《あいぶ》を続行された。

「ん……ふ、ぁ」

これまでの真生は恋愛をしている余裕はなかった。だからこれが初めてのキスなのだが、初めてでいきなりディープキスを経験することになるとは思ってもみず、めまいがするほど興奮して頭がのぼせた。

――う、わ……。

唇を割って入ってきた彼の舌は歯列をなぞり、奥へと侵入してくる。

息を吸うタイミングもわからず酸素を求めて唇を開くと、くちづけがさらに深いものとなり、口の粘膜《ねんまく》を隅々まで愛撫される。

「真生。舌を、だして」

「は……、ん……っ」

請《こ》われるままに素直に舌を伸ばすと、佐久のそれが絡んできた。舌の表面を犬のように大胆に舐められ、敏感な側面をくすぐられると甘い快感が身体の奥から湧き起こり、腰から背筋を突き抜けていく。

「あ……ん……」

息をするたびに、喘ぐような声が漏れてしまうのが恥ずかしいがとめられない。その声を耳にしてますます興奮したように、佐久の身体が熱くなっているのがわかった。

頬に添えられていた手は髪を梳《す》きながら後頭部へと移り、逃がさないと言わんばかりに固定される。腰へまわされている腕にも強く抱きしめられ、身体が密着する。

乾いていた唇は互いの唾液で濡れ、離れるたびにちゅ、と隠微《いんび》な水音を放った。飲み込みきれない唾液が口の端からこぼれるが、与えられる快感に翻弄《ほんろう》されてかまっていられない。

身体が熱く、頭がぼんやりしてくる。膝に力が入らなくなってきて彼の身体に縋りついたら、ようやく長いキスが終わった。

熱い息をこぼしながら見つめあう。

「寝所はどちらでしょう」

「……ここ、というか、その台が寝床ですけど……？」

ひとり暮らし用のワンルームアパートである。すぐ脇にあるベッドを指し示すと、佐久にひょいと身体を抱えられ、ベッドに降ろされた。布団やシーツ類は片付けており、マットがむきだしの状態である。

「あ、の……っ」

のしかかってくる佐久を真生は慌てて押しとどめた。しかし佐久は強引に身体を近づけ、真生の首筋にくちづけてくる。

「なにか」

澄ました声で尋ねながら、佐久は真生のシャツの裾から手を忍ばせてくる。先へ進む気満々である。

「なにって、そ、その……っ」

むこうにいた頃、なんどもふれたいとささやかれてきたので、こうなることはなんとなく予想していたし拒むつもりもないけれど、それにしても展開が早すぎないだろうか。ひと月ぶりの再会なのだから、お茶を飲みながら互いの近況を語りあうなど、再会の感動に浸る時間を設けて、こういうことは夜になってから——などとぐるぐるしながら見あげると、せっぱ詰まったような熱いまなざしとぶつかった。

自分を切望しているその瞳に、なにも言うことができなくなる。

「真生は、私とふれあいたいと思いませんか」

佐久の胸を押していた手をとられ、その手のひらにくちづけられた。

色っぽい流し目を送られ、真生は真っ赤になって目を泳がせた。

「……思い、ます……けど」

ふれあいたいと思う。急すぎて驚いただけで、したくないわけではないのだ。

「……佐久は、こういうこと、経験があるんですか」

未経験の不安から上目遣いに尋ねると、佐久は堂々と答えた。

「いいえ」

「…………」

「ですが主人から学んでおりますので、お任せください」

「ま、学んだ……？」

どんな教育を受けたのかとぎょっとする。

「私が主人を抱いたという意味ではございませんよ」

「そ、そう……」

手のひらを、佐久の舌にぺろりと舐められた。

「……っ」

人差し指と中指の付け根にも舌を這わされ、馴染みのない興奮が身体の奥に灯る。

「……俺、こういうこと、慣れてなくて……」

壮絶な色気を放つ目に見おろされ、腰の辺りがぞくぞくする。その慣れない空気に耐えきれなくて、恥ずかしさを押し殺し、しどろもどろに白状する。

「お任せします、ので……や……優しくしてください……」

「承知いたしました」

佐久の表情に笑顔はない。興奮しきった男の顔がふたたび近づき、くちづけられた。

今度のキスは、最初のそれ以上に深く情熱的で、ついていくのに精いっぱいでなにも考えられなくなってくる。時間をかけて快感を引きだされ、唇を解放されると、耳や首筋にも彼の唇は滑っていき、舐められ、甘噛みされ、あちこちに快感の火花を散らされる。

「ん……ふ、……あっ」

気がつくとシャツのボタンをすべてはずされていた。さらされた胸元に佐久の唇が滑り降り、胸の突起を含まれた。

「……ん……ふ、ぁ」

優しく吸われ、舌先で捏《こ》ねまわされる。もう一方は指につままれて押し潰されたり引っ張られたりする。

「あ、の……そんなところ……っ、……っ」

くすぐったいのと、男なのにそんなところをいじられるという恥ずかしさから、身の置き場のない気持ちにさせられ、彼の腕をつかむ。しかしそこからむずむずとした快感が生まれてきた。キスで与えられた快感とはまた違う。下腹部に直結している気持ちよさで、もどかしさに腰が揺れそうになる。

「あ……ん……っ」

「気持ちいいですか……？」

強く吸われ、身体がびくりと震えた。大きな声が出そうになり唇を噛みしめたら、指先で唇をつつかれた。

「私しか見ておりませんから、我慢する必要はありませんよ。声も、ここも」

ここ、と言って腰骨を撫でられる。その手はゆっくりと二回ほど腰骨を撫でると、淫猥《いんわい》な蛇《へび》のようにするりと中心へ伸びてきて、すでに硬くなっていたそこへ服の上からふれてきた。

「もう、こんなになってる」

二度、三度とそこを上下に刺激され、顎がのけぞる。

「感じてますね」

「……っ」

指摘されて、顔から火が出そうになる。そんなことは言わないでほしい。

困り顔で見あげると、佐久が興奮したように喉を鳴らした。

「真生……綺麗だ」

そう言う佐久のほうが数倍綺麗だと思う。いつも人形のように綺麗だと思っていたが、いまは造りものめいた綺麗さではなく、野生の獣のような血の通った美しさを感じた。

その綺麗な唇が、ふたたび胸元へ落ちる。

「あ、っ……、も……っ」

中心をさすられながら乳首を舐められ、快感に声を我慢できなくなってくる。乳首も下の中心も、じんじんと痺《しび》れるような熱を持ち、硬く勃《た》ちあがる。

「真生……ここも、見せて……」

「あ」

佐久の手が急《せ》いたようにデニムのボタンをはずしにかかる。

真生はうろたえて、その手をとめたくなったが、羞恥心をこらえてシーツを握りしめているうちにデニムも下着も剝ぎとられた。

赤く尖《とが》った乳首も、中心の猛《たけ》りも、興奮した身体をすべて、佐久に見つめられる。

「そんなに緊張せず、楽にしていてください」

恥ずかしさに横をむいていると、優しく頰を撫でられた。

「やっと、ふれあえるようになったのです。恥ずかしがらず、私を求めてください」

「でも、なんか……俺だけが、こんな……」

「あなただけじゃない」

脱いだシャツをつかんでいた手をとられ、佐久の中心にふれさせられた。そこは真生以上に興奮を示しており、その大きさに動揺していると手を離された。代わりに今度は真生の中心を握られ、うわ、と内心で叫んでいると、そこへ唇を寄せられた。

「あ……、ちょ……っ」

先端を舌先で舐められ、思わず内股に力が入る。舌は根元へむかって茎を這うように降りていき、またゆっくりと舐めあげられる。

甘い息を吹きかけられて、先端を口に含まれる。熱い粘膜の感触に真生は息をとめた。

「あ……あ……っ」

じわじわと、自分のそれが彼の口の中へ収まっていく。ぬるりとした舌に茎の裏筋を舐められ、喉の奥まで収められると、圧をかけられながら口から引きだされる。与えられる快感は強烈に甘くて、それ以外に考えられなくなる。じっとしているのに全力疾走しているかのように血流が激しくなり、呼吸も乱れる。

「佐久……も、う……っ」

まだはじまったばかりだというのに、もう達《い》きたくなってしまった。このままでは口にだしてしまいそうで、彼の頭に手を伸ばす。

「っ……、だめ……だから……っ、ん……っ」

「いけませんでしたか」

いまにも達く寸前のそれから佐久が口を離した。なにかまずいことをしただろうかと心配そうな顔をしている。佐久も慣れていないため、どこまで勝手に進んでいいか判断しかねるのだろう。

真生はゼイゼイと荒い息をつきながら、照れ臭さに目を伏せる。

「その……いけないわけじゃないんですが……やっぱり、俺ばかりって感じだし……いっしょに、したいです」

蚊が鳴くほどのちいさな声だったが、佐久の耳に届いたようで、彼は床に降りて着物を脱ぎはじめた。

ゆったりとした着物をすべて脱ぐと、均整のとれた完璧な肉体が現れる。佐久の裸を目にするのはこれが初めてで、真生はつかのま見惚れた。人とおなじ姿をしているのに、人とは違うのだと思わざるを得ない魅力的な身体だった。そして天を仰ぐほどに怒張しているたくましい中心も目にし、慌てて顔をそむける。

「真生？」

佐久がふたたびのしかかってきて、真生の赤い顔を覗き込んでくる。

「いえ、その……佐久も、人とおなじように興奮するんだなって……」

「そのようですね。自分でも驚いています。あなたにふれることが、これほど興奮するとは。想像以上でした」

「あ……」

佐久が身を重ねてきて、彼の大きな猛りが真生のそれに当たる。

ふたつ重ねて握られた。刺激を中断されてやや落ち着いたそれが、ふたたびいきおいを取り戻す。

「こうしていっしょにすれば、いいですね」

佐久が腰を揺らす。大きな手の中でふたつがこすれあって、熱く溶けあう。

「あ、あ……っ」

口でされたときとは異なる荒々しい刺激に、真生は嬌声《きょうせい》をあげた。

「嫌？」

「んん……、い、い……です……っ、あ……っ」

感じていることを必死に伝えて、目の前の身体に縋りつく。厚い手のひらと彼の猛りは共にごつごつしていて、目を開けていられないほど気持ちがよかった。唾液で濡らされてもともと滑りがよかったが、溢れてきた先走りも手伝って快感が増していく。

悦楽で火照った身体から汗が滴り落ち、縋りつく指も滑る。

身体を駆け巡る熱と快楽で頭が沸騰する。内股に痙攣《けいれん》が走り、コントロールする余裕もなく急激に高みへ引きあげられる。次の瞬間、めくるめく絶頂感に襲われた。

「あ、あ――！」

真生は身体をのけぞらせて射精した。やや遅れて佐久も熱を放つ。

「……っ」

佐久の手と真生の腹に、ふたりの熱が飛び散る。

式神の放ったそれは人の精液とは異なるようで、蜂蜜のような色と甘い香りがした。

荒い息をつきながらそれをぼんやり眺めていると、佐久に弛緩《しかん》した両脚を持たれ、大きく開くように膝を立てさせられた。そのあいだに収まった男が上体を伏せる。達ったばかりのまわらない頭で、なにをされるかと思っていたら、後ろのすぼまりをぬるりと舐められた。

「……っ！　さ、く……なに……っ、ぅあっ」

「力を抜いてください」

驚いて力を込めた入り口を、宥《なだ》めるように舐められる。

「だって、なに、そんなとこ……っ」

慌てて逃げようとしたが、脚をしっかりつかまれていて動けない。

佐久が顔をあげた。

「ここに、私を受け入れていただきたいのです」

「でも、なにも舐めなくても」

「いけませんか。私はあなたの身体のすべてを舐めつくしたいですが」

平然と答えられて、真生は赤くなる。

「あの。こんなことまで晴明に教わったんですか……？」

「主人の知人たちの行為を見学させていただきました」

「…………」

「言葉でも指導いただきました。たくさん濡らして丁寧にほぐしてから挿《い》れるようにと」

「……じゃあ、代わりになにか濡らすものを」

「私の舌では不満ですか」

「不満というわけではなくて」

「すこし、我慢していただけますか。私はここであなたと繋がりたい」

なにを言っても佐久は引くつもりはなさそうだった。話は終わりと言うように佐久の顔が伏せられて、入り口を舐められる。

「……ふ……っ」

舌先で円を描くように舐められたかと思ったら、犬のように大きくぺろぺろと舐められ、恥ずかしいと思うのに、次第にそうされることに快感を覚えはじめていた。

「あ……ん……」

くすぐったいような気持ちのよさに鼻から抜けるような甘ったるい声がこぼれ、同時に入り口の力が緩む。するとすかさず舌が潜り込んできた。

「は……っ、……ぁ」

中の粘膜を濡らされる感触と、狭いそこをこじ開けられる刺激に腰がビクビクと震えた。

軟体動物に犯されたような不快感に涙がにじむ。

「や……だ」

半べそで弱音を吐いても、佐久はやめようとしなかった。熱い息を尻に吹きかけながら、舌を抜き差しする。

「あ……ぅ……」

襞《ひだ》を丁寧に広げるように中へ唾液を送り込まれ、卑猥《ひわい》な水音を立てて舌で犯される。そのうち内部を確かめるように指を含まされた。それは舌よりも奥まで入ってきて、唾液を中へ塗り広げるようにぐちゅぐちゅとかきまわされる。

やがて緩んできたのか、指を二本に増やされ、大きく抜き差しされるようになった。入り口の表面を舐められていたときは気持ちよかったが、中を抜き差しされても異物感しかなかった。そして指二本だけでもきつく感じられ、これで佐久の大きなものを受け入れることができるだろうかと若干不安になったとき、指の腹にこすられたところから、鋭い感覚が全身を貫いた。

「ああっ?!」

電流を流されたように身体が震え、前の中心へ伝達される。一拍遅れて、それは快感なのだと脳が感じた。未知の快感に驚いていると、その反応を見た佐久に立て続けにそこを攻められた。

「あ、あっ……や……っ」

火を点《とも》された身体がいっきに燃えあがる。

あまりにも深い快楽に足を踏み入れ、真生は身悶《みもだ》え、腰をくねらせた。

自分の声とは思えない高い声が溢れ、とめられない。

佐久が興奮を露わにしたまなざしで真生を見る。

「ここ、蕩けてヒクヒクしてきましたね。奥も、うねってる」

「言わないで、くださ……っ、ああ……っ」

指を三本に増やされたが、異物感も不快感も感じなかった。すべてが快感に凌駕《りょうが》され、呑み込まれる。

「佐久……おねが……佐久の、もう、挿れて……っ」

そうしてもらわなければ収まりがつかないと思えるほどに、中から生みだされる快感は耐えられないものだった。前をいじられる気持ちよさとは別次元の快楽に真生は取り乱し、泣き縋った。

「よろしいですか」

「おねがい……っ」

真生の痴態《ちたい》に煽られるように、佐久が荒い呼吸をしながら指の抜き差しをとめた。そしてほぐれ具合を確認するように、引き抜きながら指を開く。

「あ、ぅ」

中の赤い粘膜を見ながら、佐久が眉をひそめる。

「私が入るには……もうすこし濡らさないと、真生が辛いかもしれません。念のために……」

佐久は真生の中に指を残したまま、もう一方の手で自身の猛りを軽くしごきはじめた。そうして準備が整うと、指で広げた入り口に猛りの先端を押し当て、そこで射精した。

「あ……っ？」

入り口の表面と、中の浅い部分に熱い液体がかかる。

佐久の先端がそれをぐりぐりと塗りつけるように動き、それから中へ押し込まれてきた。

「あ……っ、は……っ」

先端の張り出た部分はねじ込むように挿れられたが、そのあとはゆっくりと押し進められた。

熱い塊が拍動しているのが、粘膜から伝わる。佐久のそれは予想以上に大きくて、収められているそこがめいっぱい広がるのがわかった。圧迫感はあるが苦しさはなく、多量の精液を先に出されたお陰で、それが潤滑剤となってスムーズに入ってきた。

「真生……ずっと、こうしたかった」

すべてが収まると、佐久が身を倒し、抱きしめてきた。

「ん……俺も」

待ち望んだ愛しい男と身体の一番深いところで繫がれた喜びに、真生は目頭を熱くしながら男の身体を抱き返した。

「動きますよ」

佐久は二度放ったばかりだというのに衰えを見せず、真生の中でその雄々しさを主張している。緩やかな律動《りつどう》がはじまると、指で刺激された場所を硬い先端で攻められて、真生は髪を乱して悶えた。

「あ……、ぁ、あ……っ、……っ」

いいところばかりを攻められて、気持ちよすぎておかしくなりそうだった。佐久の動きにあわせて真生の腰も勝手に揺らめき、さらなる悦楽を淫《みだ》らに誘う。

緩やかにはじまった抜き差しは、真生のいやらしい腰つきと艶めいた声に煽られてすぐに強く激しいものになってくる。

「真生……いい？」

「いい……っ、あ、あ……っ！」

初めてなのにこれほどよがる自分が信じられないが、あまりにもよすぎて気にしていられない。すぐに達ってしまいそうで、我慢しようと下肢に力を込めたら、自分の中を出入りする猛りを締めつけてしまい、さらに甘い快感が腰を貫いた。しかもそれの硬度が増し、奥まで深く抉《えぐ》られる。

そのひと突きで、身体の熱がこれ以上なく高まり、二度目の欲望が限界を突破した。大波に攫《さら》われるように身体が浮きあがった感覚のあと、快感でもみくちゃになりながら熱を放出する。

「——っ」

達ったあとの解放感で頭が真っ白になる。しかし息をつく余裕はなかった。佐久が依然と律動しているからだ。

「あ……あ……っ、佐久っ」

その刺激はたまらなかった。達ったばかりというのに身体の熱は冷めることなく、ふたたび快楽への道をのぼりはじめる。

佐久に突きあげられる場所からとめどなく快感が溢れて、涙とよだれで顔はぐちゃぐちゃだ。入り口は激しい摩擦で燃えるように熱く、蕩けたように粘着質な音を立てている。その卑猥な音に混じって、もっと奥の場所からどぷりと音が聞こえた。音とともに、熱く濡れた感覚を体内に覚えた。

「あっ、んぁ……、中、熱いよ……っ」

「いま、中に注いでいます」

佐久は動きをとめることなく真生の中に射精していた。射精はなかなかやまず、最奥《さいおう》を貫くたびに注がれているようだった。

「すごい……いっぱい……」

「ええ。たくさんだしています。あなたは私のものだという印を刻むために」

「印……？」

「ええ。人には見えませんが」

よくわからないが、佐久の印をつけられるのは嬉しかった。

「じゃあ……、いっぱいだしてください……。俺を佐久のものにして……」

快感に呑まれながら夢中で訴えると、佐久が嬉しそうにくちづけてきた。そしていっそう激しく攻めたてる。

「あっ、ぁ、あ、……佐久……、ふぁ……っ」

奥を潤されると猛りの動きがよくなり、気持ちよさが増した。激しく大きなグラインドで体液が泡立ち、尻の割れ目を伝ってマットへこぼれ落ちていく。その刺激すら快感となって真生を乱れさせた。

「真生……」

名をささやかれて見あげると、佐久も快楽に浮かされたように目を細め、ひたいに汗を浮かべていた。

「佐久、佐久も……、いい……？」

「ええ。とても」

満足そうな荒い息をつきながらも、佐久は終わりも際限も知らぬような雄々しさで真生のいいところをぐいぐいと突きあげてくる。

「真生も、もっと気持ちよくして差しあげます」

そう言って式神は艶然《えんぜん》と笑う。これ以上気持ちよくされたらどうなってしまうのだろうと一抹《いちまつ》の不安がよぎったが、佐久にされるのならばどうなってもいいと思えた。

まもなく宣言どおりにさせられた真生は、意識を失うまで快楽の海に溺《おぼ》れた。

ばかのひとつ覚えとばかりに延々とまっすぐに続いている道の行き詰まりに目的のビルが建っている。

冷蔵庫の野菜室の奥へ追いやられ、存在を忘れ去られてしなびてしまったゴボウのようなビルである。以前から周囲と隔絶《かくぜつ》した空気をまとっていたそこは、最近新たに入ったテナントのせいでますます異質で面妖《めんよう》な空気を放っていた。

真生と岸谷がそこの二階の扉を開けると、室内から話し声が聞こえてきた。

「だからね奥さん。あなたの亭主は浮気してないですよ。どうして調べてもいないのにわかるかって？　それはあなた、わかりますよ。だって私は霊能力者ですから」

話しているのは安倍晴明。相談相手は電話である。

正面奥に机があり、晴明は入り口にむかってすわっている。肘をつき、ワイシャツを着て面倒臭そうに喋っている姿は、すっかり現代に馴染んでいた。

「だから——あ、切られた」

晴明は不機嫌に電話を置くと、あいさつもなくぞんざいに岸谷に言った。

「まずいぞ岸谷。客が来ない。このままでは今月の家賃を払えない」

「そりゃあ、いまの対応じゃあねえ」

岸谷が呆れたように苦笑する。

「なぜだ。実際にいまの電話主の亭主は浮気していない。私にはわかる。だからそう教えてやったのに、不まじめだと罵《ののし》られた」

「うん。わかっていても、とりあえず調べてみますからって引き受ければいいんだよ。それでしばらくしてから、浮気してないって教えればいいのさ」

「まるで詐欺《さぎ》だな」

部屋の隅にも事務机があり、そこにはスーツ姿の佐久がすわっている。長い髪は以前のまま緩く括っており、現代の服を着ていても浮き世離れした風情《ふぜい》が漂っている。

彼は主人の声など聞こえぬふうに澄ました顔で書類をさばいていたのだが、真生の来訪と同時に手にしていた書類を片付けはじめ、立ちあがった。

「晴明様。私はこれで失礼します」

「待て。探偵員が集まったんだ。この事務所の苦境を乗り越えるために話しあうぞ」

真生は探偵員になったつもりはないのだが、いつのまにかそういうことになっている。

制止されても佐久は帰宅の支度をとめず、鞄を持って真生のとなりへ立った。

「申しわけありませんが、真生との約束がありますので」

なにがあろうと主人の命は絶対だったはずの式神が、あるじの言いつけをつっぱねた。

「約束？　どんな」

「上司にプライベートの子細まで話す義務はございません」

「プライベートときたか。くそ、妙なところだけ現代慣れしたな。かわいくない」

「それは晴明様も同様かと」

晴明がおもしろくなさそうにふんと鼻を鳴らし、真生へ目をむける。

「それにしても真生。きみのその匂いはなんとかならないのか」

「は？　自分で気づいてないのか」

晴明が呆れた顔をした。

「佐久の所有印の匂いだ。きみの身体からぷんぷん匂うぞ。三里《さんり》先からも匂いが漂ってきてうっとうしいほどだっていうのに、今日もまたマーキングさせるつもりか」

「え？　え？」

真生は目を丸くして晴明を見返し、それから横に立つ恋人の顔を見あげる。

佐久は澄ました顔で晴明を見返していた。

「ご存じでしたか」

「わからいでか。私には式神がほかにもいるのは知っているだろう」

「人間には察知されないものと思っておりました。我があるじは人ではないことを失念しておりました」

「ばかを言うな。私はれっきとした人間だ。常人ではないことは認めるが」

所有印を匂いで嗅ぎとっているらしい晴明は佐久にそう答えると、うろたえている真央に顔をむける。

「恥ずかしげもなくそんな匂いをまき散らして人前に立てるきみの気がしれない。どうしてきみみたいな鈍感と私の波長があったのか謎だな」

どうやら晴明は、式神の印のつけ方も知っているようだ。真生は赤くなって身を縮ませた。恥ずかしい。だが、自分では佐久の印がついていることがわからなかったから、ちゃんとついているのだと知れて嬉しくもあった。

照れる真生の横では、佐久が残業を逃れるためにあるじへ発言している。

「真生との約束は、この探偵事務所の経営にも関わることです」

「なんだ」

「真生の手料理をご馳走《ちそう》になる約束なのです。ですので今夜の私の夕食分、我々の生活費が浮きます」

「ああ、それはいい――って、待て。おまえはそもそも食事をとる必要がないだろう」

晴明が渋面《じゅうめん》を作って岸谷へ話をふる。

「岸谷。これをバカップルというのだな。ひとつ学習した」

真生の横にいた岸谷が困ったようにはははと笑い、晴明のほうへ歩いていく。

「まあ、経営の相談は俺たちふたりでしたらいいんじゃないかな」

「うむ。私には岸谷がいればじゅうぶんだ。ふたりともさっさと帰りたまえ」

佐久が真生の手を握った。

「無事にお許しが出たので、行きましょう」

この結論に至るのは初めからわかっていたように、佐久は平然とした面持ちで真生の手を引き、出入り口へむかう。

そのふたりの背に、晴明が呼びかけた。

「そうだ、真生」

立ちどまってふり返ると、晴明はあいかわらず机に肘をついて呆れたような顔をしていた。

「きみの手料理を佐久がいつも褒める。そのうち私にも作ってくれ」

「考えておくよ」

真生は晴明に笑って答えると、となりを見あげて微笑み、事務所をあとにした。

あとがき

こんにちは、松雪奈々《まつゆきなな》です。

このたびは「マジで恋する千年前」をお手にとっていただき、ありがとうございます。


先日、所用で京都に赴きまして、ついでに新花屋町通堀川東にある風俗博物館に立ち寄りました。源氏物語の世界を堪能できる博物館でして、精巧に作られた人形や建物の模型が見事です。平安装束を試着できるのも楽しい。小袿、狩衣、烏帽子などの衣装だけでなく、囲碁や笙など小道具もたくさんあり、写真撮影ＯＫです。腐女子的には男性の衣装のほうに興味があったのですが、係の方のはからいで、小袿を試着させていただきました。初めて着てみましたが、意外と軽かったです。重いものだと聞いていたので、もっと、立ちあがるのも大変なイメージを抱いていました。甲冑じゃあるまいし、いくらなんでもそんなに重いわけがないのですね。

宇治市源氏物語ミュージアムのような大きな施設ではありませんが、平安好きならじゅうぶん楽しめると思います。

平安時代を舞台にした物語のなにがいいかと言ったら、やはり、貴族の優雅で華やかな雰囲気でしょう。博物館を見学し、そう再認識しました。

それなのに私は、風呂がないだの寒いだの、どうして夢のないことを書いてしまうのでしょう。せっかく平安時代のお話を書かせていただいているというのに、主人公もお相手も貴族じゃないって……。書きあげたあとに気づいた次第です。


さて。最後にお礼を。

サマミヤアカザ先生、素敵なイラストをありがとうございました。平安装束が本当に素敵で麗しくて、垂涎ものです。興奮が収まりません。

編集者様、今回も大変お世話になりました。細やかなお気遣いをいただき、感謝です。

また、校正者様、デザイナー様、そのほかこの本の制作に関わったすべての皆様に御礼申しあげます。


それでは、またどこかでお目にかかれることを祈りつつ。

二〇一三年十二月　松雪奈々

LYNX ROMANCE

追憶《ついおく》の残《のこ》り香《が》

松雪奈々　illust. 雨澄ノカ

898円
（本体価格855円）

修司は、高校時代に気まずいまま別れた親友・玲を忘れられずにいた。会えなくなってから、玲に感じていた気持ちが恋だったと気付いた修司は、ある日ゲイバーで玲を見かける。九年ぶりに会った玲は、好きな男を諦めるためにバーで相手を見繕おうとしていた。修司はノーマルだと思っていた玲が、自分以外の男に想いを寄せる事実に嫉妬心を抑えきれず、「誰でもいいなら、俺でもいいだろう」と無理矢理に玲を抱こうとするが…。

LYNX ROMANCE

天使強奪《てんしごうだつ》

六青みつみ　illust. 青井秋

898円
（本体価格855円）

身体、忍耐力は抜群だが、人と争うことが苦手なクライスは、王室警護士になり穏やかな毎日を送っていた。そんなある日、王家の一員が悪魔に憑依され、凄腕のエクソシスト『エリファス・レヴィ』がやってくる。クライスはひと目見て彼に心を奪われるが、高嶺の花だと諦める。だが、自分でも知らなかった『守護者』の能力を買われ彼の警護役に抜擢される。寝起きをともにする日々に、エリファスへの気持ちは高まってゆき…。

LYNX ROMANCE

マルタイ —SPの恋人—

妃川螢　illust. 亜樹良のりかず

898円
（本体価格855円）

来日した某国首相の息子・アナスタシアの警護を命じられた警視庁SPの室塚。我が儘セレブに慣れていない室塚は、アナスタシアの奔放っぷりに唖然とする。しかも、彼の要望から二十四時間体制で警護にあたることに。買い物や観光に振り回されてぐったりする反面、室塚は存外それを楽しんでいることに気付く。そして、アナスタシアの抱える寂しさや無邪気な素顔に徐々に惹かれていく。そんな中アナスタシアが拉致されしまい…。

LYNX ROMANCE

裸執事《はだかしつじ》 〜縛鎖〜

水戸泉　原作：マーダー工房　illust. 倒神神倒

898円
（本体価格855円）

大学生の前田智明は、仕事をクビになり途方に暮れていた。そんな時、日給三万円という求人を目にする。誘惑に負け指定の場所に向かった智明の前に現れたのは、豪邸と見目麗しい執事たち…。アルバイトの内容はなんとご主人様として執事を従えることだった。はじめは当惑したが、どんな命令にも逆らわない執事たちに、サディスティックな欲望を覚えはじめた智明。次第にエスカレートし、執事たちを淫らに弄ぶ悦びに目覚め——。

LYNX ROMANCE

赦《ゆる》されざる罪《つみ》の夜《よる》

いとう由貴

illust. 高崎ぼすこ

898円
（本体価格855円）

精悍な容貌の久保田貴俊は、ある夜バーで、淫らな色気をまとった上原慎哉に声をかけられ、誘われるままに寝てしまう。あくまで『遊び』のはずだったが、次第に上原の身体にのめり込んでいく貴俊。だがある日、貴俊は上原の身体をいいように弄んでいる男の存在を知る。自分に見せたことのない表情で命じられるまま自慰をする上原に言いようのない苛立ちを感じるが、彼がある償いのために、身体を差し出していると知り…。

LYNX ROMANCE

竜王《りゅうおう》の后《きさき》

剛しいら

illust. 香咲

898円
（本体価格855円）

皇帝を阻む唯一の存在・竜王が妻を娶り、その力を覚醒させる——予言を恐れた皇帝により、村は次々と焼き払われた。そんな村跡で動物と心を通わせられる穏やかな青年・シンは、精悍な男を助ける。男は言葉も記憶も失い、日常生活すら一人では覚束ない様子。シンは彼をリュウと名付け、共に暮らし始めたが、ある夜、普段の愚鈍な姿からは思いもよらない威圧的な態度のリュウに、自分は竜王だと言われ、無理やり体を開かれて——。

LYNX ROMANCE

咎人《とがびと》のくちづけ

夜光花

illust. 山岸ほくと

898円
（本体価格855円）

魔術師・ローレンの元に暮らしていた見習い魔術師のルイ。彼の遺言で森の奥からサントリムの都にきたルイに与えられた仕事は、セントダイナの第二王子・ハッサンの世話をすることだった。無実の罪で陥れられ亡命したハッサンは、表向きは死んだことにして今ではサントリムの『淵底の森』に匿われていた。物静かなルイは気に入ったハッサンは徐々にルイにうち解けていく。そんな中、セントダイナでは民が暴動を起こしており…。

LYNX ROMANCE

おとなの秘密《ひみつ》

石原ひな子

illust. 北沢きょう

898円
（本体価格855円）

男らしい外見とは裏腹に温厚な性格の恩田は、職場で唯一の男性保育士として日々奮闘していた。そんなある日、恩田は保育園に息子を預けに来た京野と出会う。はじめはクールな雰囲気の京野にどう接していいか分からなかったものの、男手ひとつで慣れない子育てを一生懸命やっている姿に惹かれていく恩田。そして、普段はクールな京野がふとした時に見せる笑顔に我慢が効かなくなった恩田は、思い余って告白してしまって…！

この本を読んでのご意見・ご感想をお寄せ下さい。

〒151-0051
東京都渋谷区千駄ヶ谷4-9-7
(株)幻冬舎コミックス　リンクス編集部
「松《まつ》雪《ゆき》奈《な》々《な》先生」係／「サマミヤアカザ先生」係

リンクス ロマンス

マジで恋する千年前

2013年12月31日　第1刷発行

著者……………松《まつ》雪《ゆき》奈《な》々《な》
発行人…………伊藤嘉彦
発行元…………株式会社　幻冬舎コミックス
〒151-0051　東京都渋谷区千駄ヶ谷4-9-7
TEL 03-5411-6431（編集）
発売元…………株式会社　幻冬舎
〒151-0051　東京都渋谷区千駄ヶ谷4-9-7
TEL 03-5411-6222（営業）
振替00120-8-767643
印刷・製本所…株式会社　光邦
検印廃止

ISBN978-4-344-82997-8 C0293
Printed in Japan

幻冬舎コミックスホームページ　http://www.gentosha-comics.net